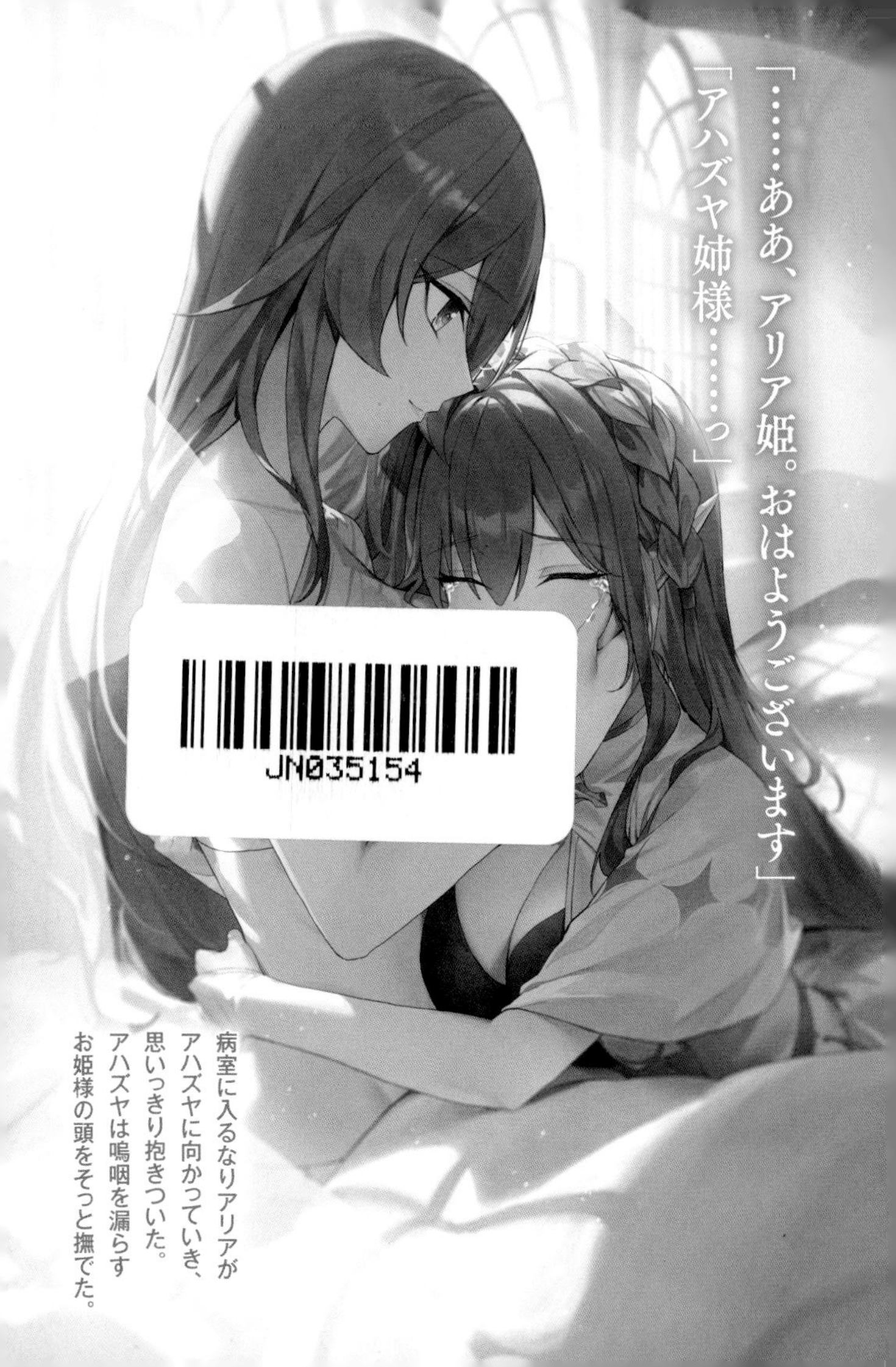
「……ああ、アリア姫。おはようございます」
「アハズヤ姉様……っ」
病室に入るなりアリアが
アハズヤに向かっていき、
思いっきり抱きついた。
アハズヤは嗚咽を漏らす
お姫様の頭をそっと撫でた。

クロは漆黒のカタナを構える。
立ちはだかる彼女を敵と認識したのか、
狂騎士は大剣を握り締めて駆け出す。
小細工なしに、真っすぐ上段から放たれる斬撃。
それをクロは〈瞬断〉で打ち返した。

「……パパ、ソラを傷つけるなら、
わたし……わたしは！」

セラフィックスキル――
〈エアリアル・ヘヴンズロスト〉
白銀の光を放つ剣とカタナを手に、
オレ達は眼前まで迫ったバアルゼブルに
全力の刺突技を放った。
邪悪を滅ぼす光を宿した二撃は、
空間を震わすほどの極限の力を解き放った。

アストラル・オンライン 3

魔王の呪いで最強美少女になったオレ、最弱職だがチートスキルで超成長して無双する

神無フム

HJ文庫
1107

口絵・本文イラスト　珀石碧

CONTENTS

プロローグ◆神と約束

目が覚めたら、辺り一面が花畑だった。

太陽がないのに明るく、雲一つない空は吸《す》い込《こ》まれるような青さだった。

周囲を見回したけど、ここにはオレ以外には誰《だれ》もいない。

パートナーのクロも、妹のシオも、誰一人として。

「この状況《じょうきょう》……どう考えても夢、だよな……」

自分の今の服装が半袖《はんそで》と短パンの部屋着セットである事から、少なくともVRヘッドギアを着けたまま、誤ってゲームにログインしたわけではないと推測する。

そう考えると夢としか考えられないが、それにしては視界がハッキリしていた。

風の音を拾う聴覚《ちょうかく》や、靴《くつ》で地面を踏《ふ》み締《し》める触覚《しょっかく》、周囲に満ちている花の香りを嗅《か》ぎ取る嗅覚《きゅうかく》も、五感の全てが正常に機能している気がする。

思い当たる事は、最近ハイペースでログインしていたこと。もしかしたら負荷《ふか》が掛《か》かり、脳がバグっている可能性も考えられる。

世界が大ピンチだけど、少しは自分の休憩《きゅうけい》時間を増やした方が良いのかも知れない。

確実に師匠《ししょう》から『無茶《むちゃ》するなバカ弟子《でし》！』と怒《おこ》られる案件に震《ふる》えながらも、一応なにか見つからないか、オレは好奇心《こうきしん》から探索《たんさく》を始める。

もしかしたら、レアな体験ができるかも知れない。

こんな良く分からん状況下でも、レアを求めた事を話したらシオから呆《あき》れられるかな。

そんな事を考えながらも、足を止めることなく前に進む。

それから探索すること数十分。

「うーむ、花畑ばかりで何も見つからな……おや？」

長いこと彷徨《さまよ》ってたら、なにやら遠くに踊《おど》る人影《ひとかげ》らしきものを発見する。

やっと第一村人発見！

こんな花畑の中で踊るとか、どう考えても普通《ふつう》ではないが今は少しでも情報が欲《ほ》しい。

あわよくばレアなアイテムとか、レアなイベントが起きてくれると嬉《うれ》しい。

期待を胸に急いで近づくと、そこで踊っていたのは。

「え、エル・オーラム……!?」

『ふんふふーん……おや？』

なんと現実世界に現れた、白髪《はくはつ》美少女の自称《じしょう》神様だった。

髪色《かみいろ》と同じ真っ白なワンピースを身に着ける彼女《かのじょ》はオレに気付き、踊るのを中断して優《ゆう》雅《が》に一礼をしてきた。

『これはこれは、初めまして。天上の代表者にして大罪を討《う》ち払《はら》う使命を背負いし勇者、私は〈アストラル・オンライン〉の神、イル・オーラムです』

「あのゲームの神様⁉」

想定していなかった正体に驚《おどろ》いて、思わず後ろに飛び退《の》く。警戒《けいかい》するオレの様子を見た彼女は、くすりと笑い姿勢を真っすぐ正した。

見た目はどう見ても、テレビに出ていたエルにそっくりだが……。

じっくり観察すると目の前にいる少女は、エルが放っていた神聖さや荘厳《そうごん》さとは全く異なる不気味な雰囲気《ふんいき》を身に纏《まと》っていた。

『おやおや、出会って早々に警戒されるなんて中々にショックですね』

そう言いながらも、イルは全くショックを受けている様子はない。

表情は笑って見せているけど、その瞳《ひとみ》は全く笑っていない。見た目は十代前半くらいなのに、クロと違《ちが》って可愛《かわい》らしさはなく不気味だった。

『まさか繋《つな》がってしまうとは、やはりアナタは特別なんですね』

「オレが特別って、どういう意味だ」

『うーん、そうですね。……ああ、そうです。ここで会ったのも何かの縁《えん》、この件でも良いですし、特別に何か一つだけ質問に答えてあげましょう』

「一つだけ質問に……？」

オウム返しをするオレに、彼女は楽しそうに頷《うなず》いて見せる。

『そう質問です。特にアナタは聞きたい事が、沢山《たくさん》あると思いますけど』

「確かにそうだけど……」

仮に本物の神だとしたら、聞きたい事は沢山ある。その中で一つだけ答えてもらえるのならば、ここは慎重《しんちょう》に選ばないといけない場面だ。

どうする、選ぶとしたらかなり悩《なや》むぞ。

──どうしてオレだけスタート地点が魔王《まおう》だったんだ。

──どうしてゲームが現実とリンクしてるんだ。

──リアルに現れたエルは、オマエとどんな関係なんだ。

いくつかの質問を考えては、これではないと首を横に振《ふ》って却下《きやつか》する。

アレでもない、コレでもない。いざ一つに絞《しぼ》るとなると中々に難しい。

どうする、彼女にできる質問は一回だけだ。

すなわち一回で核心《かくしん》をつく、クリティカル判定を出さないといけない。

普段《ふだん》ゲームにしか使っていない脳みそをフル回転させる。
……よし、これだ！
その果てに思いついた、これ以上ない質問をオレはイルにぶつけた。
「あのゲーム〈アストラル・オンライン〉は一体なんだ？」
『…………ほう』
オレの質問に、イルは感心するような反応を見せる。
『……なるほど、これは良い質問ですね』
「さあ、答えてもらうぞ」
口元に笑《え》みを浮《う》かべ、彼女は軽く右の指を擦《す》り合わせパチンと音を鳴らす。
すると目の前に現れたのは、宙に浮かぶ現実世界を映すスクリーン画面。
画面の向こう側は真っ暗、恐《おそ》らく深夜だろうか。
目を凝《こ》らして見ると、その画面のど真ん中に映っているのは我《わ》が家《や》だった。
驚いて目を見開くオレに、彼女は笑顔《えがお》で告げた。
『〈アストラル・オンライン〉は、現実世界を救うために生まれたゲームなんですよ』
「は？　リアルの世界を、救うために？」
なにを言っているのか理解できなかった。

現在進行形で人々の脅威《きょうい》となっているゲームが、全く反対の救済する為《ため》に存在する。彼女はアスオンの神を自称した。いうならばオレ達《たち》の敵だ。

とうてい信じられる情報ではない。

混乱させるためのブラフと考えるのが妥当《だとう》だ。

そう考えたオレは眉間《みけん》にしわを寄せ、彼女を睨《にら》みつけた。

「おい、真面目に答える気がないのなら……」

『大真面目ですよ。私は嘘《うそ》を絶対に吐《つ》きません』

「ちょ……⁉」

イルはオレの言葉を遮《さえぎ》り、そして腕《うで》にそっと身を寄せてくる。

逃《に》げようとしたが、身体《からだ》の自由がきかなくて身動き一つ取れない。

『ふふふ、知ってますか。人々から生じた負の感情は、そのままでは歪《ゆが》みとなり毒となり世界にバグを生じさせることを。いわばウイルスのようなものですね。それを防ぐためにアナタの世界に存在する浄化《じょうか》システムは、創成期からずっと働き続けているんです』

彼女は笑う。無邪気《むじゃき》な子供のように。

くすくすと、心の底から楽しそうに、無知を嘲笑《あざわら》うように。

スクリーン画面の向こう側で、リアルを侵食《しんしょく》する木々を眺《なが》め。

『ですがそのシステムは、もはや限界を迎《むか》えつつあります。浄化しきれなくなったウイルスが世界に溜《た》まり続けると、一体どうなると思いますか』

「今の話が本当だとしたら……バグが発生」

……いや、違う。それどころじゃない。

リアル世界がウイルスに侵《おか》されていく。

それが例えばパソコンなら、どうなるかなんて考えるまでもない。

『そう、察しの通り。人間という種がもたらす膨大《ぼうだい》なウイルスは世界というサーバーを蝕《むしば》み、そして最後には——全て消えます』

「き、消える……」

呼吸が止まりそうになるほど、恐ろしい言葉だった。

有り得ない、現実は仮想世界とは違う。プログラムで作られた世界とは違う。

——全ていきなり消えるなんて事は有り得ない。

否定したい。認めたくないけど、現にリアルはゲームの影響《えいきよう》を受けている。

それは現実世界も、仮想世界と同じプログラムで作られている証拠《しようこ》なのではないか？

言葉をなくしたオレに、イルはそっと囁《ささや》いた。

『現実世界が処理しきれない人々の悪意を受け入れ、モンスターという形にして打ち倒《たお》す。

それがこのアストラルの役割です』

「それじゃ、あの森は……」

『〈暴食の大災厄《だいさいやく》〉は他のモンスターとは根本的に違います。大きくなり過ぎた悪意は、元凶《げんきょう》を倒すまで多大な悪影響《あくえいきょう》を及《およ》ぼすでしょう』

「……っ」

分からない。これは、どっちが正しいんだ。

異なる世界との聖戦だと告げた、エル・オーラム。

世界を救う為の星幽《アストラル》だと告げた、イル・オーラム。

どちらも共通しているのは〈大災厄〉という強大な敵を倒さないといけない事。

しかし戦う根本的な理由は大きく異なる。現状から考えて、どちらが正解なのかオレには判断することはできない。

『さて、どっちが正解なのかな。それとも両方ハズレかも』

「オマエ等は一体、何者なんだ……」

『神様ですよ。それ以上でも、それ以下でもありません』

小悪魔《こあくま》的な笑みで答え、彼女が離《はな》れると身体の自由が戻《もど》る。

イルはオレの側から離れ、三メートルくらいの距離《きょり》で足を止めた。

『もしも全ての大災厄を倒せたなら、その時は神の権限でアナタの願いを、この世界でなんでも一つだけ叶《かな》えてあげます』

「な、なんでも……？」

恥《は》ずかしきかな我、なんでもという発言に前のめりになってしまう。

それならレアな武器とか、防具とか欲しい。……いや、レアスキルも有りか？

ゲーマーの血が騒《さわ》ぎ、頭の中でアレやコレやと欲しい物を思い浮かべる。だがその中から一つを選ぶ事ができず、時間だけが無駄《むだ》に経過していく。

すると悩んでいる内に、オレの意識が段々と遠ざかっていくのに気づいた。

あ、不味《まず》い！　ちょっと待って、まだ決まって……。

最後にイルから『報酬《ほうしゅう》は考えておいてくださいね』と言われ、世界は真っ暗になった。

①

――パチッと目が覚める。

じんわりと額に浮かぶ汗《あせ》、エアコンの冷房《れいぼう》でひんやりする空気の匂《にお》い。

ボンヤリ横向きで寝転《ねころ》がる、視線の先には誰もいない。

少し下の方を見ると一緒《いっしょ》に眠《ねむ》っていた、プラチナブロンドに黒のメッシュが入った特徴《とくちょう》的《てき》な髪《かみ》の少女——クロが気持ちよさそうに抱《だ》きついている。

あれ、いつの間に抱き合う形になったんだ。いや、それよりも。

「ゆめ……だったのかな……」

それにしては実にリアリティー溢《あふ》れる夢だった。

飲《の》み込むのに情報が重過ぎて、寝起《ねお》きのクソザコ脳みそはパンクしている。

ただ一つだけ、とても残念だったのは。

「なにが欲しいのか、決め切れなかったな……」

チャンスを逃《のが》してしまった事を嘆《なげ》き、腕の中で眠る相棒を見る。

スヤスヤと、静かな寝息《ねいき》をたてるクロは実に愛《いと》おしい。

何だか自分の内に眠っている母性を刺激《しげき》される。

……って、オレは一体なにを考えているんだ？

男なのに母性を目覚めさせるなよ、大人しく眠らせとけ。

そこは父性とか兄とか、そっち方面だろうが。

恐るべしTS現象、徐々《じょじょ》に精神面も女性思考になりつつあるのか。自分自身にツッコミを入れながら、オレは少女の頭を撫《な》でる。

普通の主人公ならば、胸に抱き締めるのではなく抱き締められる側だろう。しかし性転《せいてん》換《かん》してしまうと、そういうラッキースケベが相手に起きるのか。

「とりあえず、この状況から抜《ぬ》け出すかな」

そっと起こさないように、ゆっくりクロから一か所ずつ身体を離していく。腕枕《うでまくら》が一番の難所だったが、無事に脱出《だっしゅつ》ゲームはクリア。

ホッと一安心してベッドの脇《わき》に立つと、不意に部屋が大きく揺《ゆ》れた。

「おわ……ぷっ⁉」

危《あや》うく硬《かた》い床《ゆか》に転倒《てんとう》しそうになる。

姿勢を制御《せいぎょ》しそこねたオレは、ギリギリの所でベッドに倒れて回避《かいひ》するが。

あ——まずい、クロにぶつかる。

慌《あわ》てて軌道《きどう》修正をしようとするが、残念ながら急に止まる事ができない。

せめてタックルは避《さ》けようと思い両手を伸《の》ばす。

オレの顔面は、そのまま仰向《あおむ》けになった彼女の胸に埋《う》まった。

「むにゃむにゃ……」

この大揺《おおゆ》れの中で、まだ眠っているだと？

いや、驚いている場合じゃない。はやくこの状況から抜け出さないと。

もしも詩織《しおり》に見られたら大惨事になる。主にオレの身体の関節とか。

「むにゃ……猫《ねこ》ちゃんになったソラ、かわいい……」

「ちょ、クロさん⁉」

以前ネコ型アバターになった、オレを抱っこしてる夢でも見ているのか。

彼女は両手を頭にそえて、胸に強く抱き締める。

抜け出そうとしていたオレは、想定外の事態に動けなくなった。

「むぐうううううううううううううう⁉」

「お兄ちゃん！　緊急《きんきゅう》事態だよ——って、こんな時になにしてるのよ‼」

天国と地獄《じごく》の狭間《はざま》にいる最中、最悪なタイミングで詩織が入ってきた。

妹はオレがクロの胸に抱き締められている姿に、あっという間に怒りゲージがマックスを突《つ》き抜けてしまった。

弁明しようにも顔が胸に埋まってるから、上手《うま》く喋《しゃべ》ることができない。

「お兄ちゃんの変態！　スケベ！」

「ぐわああああああああああ⁉」

クロから引きはがされたオレは、怒りで顔を真っ赤に染めた詩織に捕《つか》まり見事なヘッドロックを決められた。

第一章◆師弟の約束

なんと汚染《おせん》が進み〈精霊《せいれい》の木〉がグレードアップした。

どうグレードアップしたのかと言うと、遂《つい》に建物の中にまで出現するようになったのだ。

強制的に起こしたクロとオレは、先程《さきほど》の一件でムスッとしている詩織《しおり》が先導する形で木の侵食《しんしょく》を受けたリビングに足を運ぶと。

「おお、これはすごい！」

「おお、ファンタジー！」

床や壁《かべ》を突き破《やぶ》るのではなく、そこに最初からあったかのように小さな〈精霊の木〉がニョキッと顔を出している。

絶妙《ぜつみょう》に邪魔《じゃま》にならない位置に生えた木々は、もはや一種のインテリアのよう。

感心している場合ではないが、このレベルになると笑うしかなかった。

念のためにオレとクロと詩織と、三人で生活に支障が出ないか家の中を一通りチェックする事にした。

「生命線の水や電気、ガスとかは問題なく使えるな」

「お風呂《ふろ》にもできてるけど、なんか観葉植物を置いた感じだね」

「これがどう成長するのか、それとも成長しないのか分からないけど、今のところ生活に大きな影響はないわね」

気分はクロが言った通り、小さな観葉植物を見ている感じ。

木の種類は分からないけど、詩織いわくヒノキに近いそうな。

「騎士《きし》が伐採《ばっさい》してんだから、ノコギリで切ってみるか？」

「お兄ちゃん、こんな得体の知れないモノを見て、良くそんな事しようと思えるわね」

「え、だって別に生えてるだけで毒とか出してないし」

というわけで物は試《ため》しと、親父《おやじ》の部屋にある工具箱からノコギリを持って来た。

手ごろなサイズに刃《やいば》を当て、前後に軽く押《お》し引きしてみる。

だが想定していた通り、ギザギザの刃は傷一つ付けられない。

どうやらリアルの道具は通用しないらしい。

「ムリ！　こいつ硬いとかそういう次元じゃない！」

大人しく諦《あきら》めたオレは、ノコギリを戻してリビングで一息入れる事にした。

点《つ》けっぱなしのテレビからは〈アストラル・オンライン〉の攻略《こうりゃく》状況《じょうきょう》について、良く見るコメンテーターとか専門家が議論していた。

ただ内容は批判ありきで、主にプロ達の頑張《がんば》りが足りないというものだった。

SNSでも矛先《ほこさき》はプロに向いて、なにかあった場合に責任は誰が取るんだという外野からの無責任な投稿《とうこう》が散見される。

かつての失敗が脳裏《のうり》をよぎり、ギュッと内臓が引き絞られるような感覚に襲《おそ》われた。

「う、こういうの見ると胃が痛くなる……」

「お兄ちゃんはトラウマあるんだから、ネットのコメントは見ちゃダメよ」

「いや、ごめん。でもつい気になって」

詩織に注意されて、手にしていたスマートフォンをしまう。

テレビは次の超重大《ちょうじゅうだい》ニュースに移行する前に消した。

それでも痛みは治まらず、ソファーの上で横になる。

心配したクロが、そんなオレの頭を優《やさ》しく撫でてくれた。

「きついなら、今日の午前はお休みする？」

「あー、うん。最近は気合入れすぎたし、ちょっとだけ休んじゃおうかな……」

疲弊《ひへい》した身体に、クロの気遣《きづか》いがとても染《し》みる。

こんな可愛くて優しい子と結婚《けっこん》できたら、絶対に人生幸せなんだろうな。

保護者の師匠が不在の間は、オレが兄弟子《あにでし》として守らねば。

使命感と覚悟《かくご》を胸に、少女の愛撫《あいぶ》に身をゆだねていると。

「……って、そういえばクロがこっちに来てから、一度も遊びに行った事がないのでは？」

ふとオレは最近の四六時中アスオンにログインしている引きこもり生活で、一度もクロと外で遊んでいない事に気付いた。

強《し》いて言うならば、コンビニに行ったくらいだ。

「あ、言われてみればそうね。どこか遊びに行く？」

「で、でもソラ疲《つか》れてるみたいだし、そんな無理して外出しなくても」

「オレも気分転換《てんかん》したいからさ、午前は中央区に遊びに行こう」

東区は住宅街なので、スーパーとかコンビニくらいしかない。

遊びに行くのなら、神里市の若者達は中央区に足を運ぶ。

というわけで善は急げ、いつものパーカーを取りに行こうとしたオレは。

「それならオシャレをしなきゃ、お　兄　ち　ゃ　ん」

まるでレイドボスのような圧を纏った妹に捕まった。

「きゃー、かわいい！」

「ビューティフル……」

複雑な気持ちになる黄色い声が、オレに向けられる。

「うーむ、似合いすぎて恐ろしい……」

詩織がチョイスしたのは、シンプルなカジュアルコーデ。

銀髪《ぎんぱつ》を意識した黒いシャツと下は白いロングスカート。

なんていうかスースーして落ち着かない。ズボン穿《は》きたいズボン。

鏡に映る姿は、テレビとかに出てるアイドルとかモデルにしか見えなかった。

クロと詩織はさすが女の子って感じの服装で、もうオシャレから一番ほど遠いオレと違ってビシッと決めている。

「……って、三人で並ぶとレベル高いなぁ」

「お兄ちゃんとクロちゃんはそうだけど、私は普通よ」

「詩織は中央区に出かけたら、必ず芸能事務所の名刺《めいし》貰《もら》ってくるよな？」

オマエが普通の基準になると、ハードルが爆上《ばくあ》げになるぞ。

「わ、わたし変じゃないかな……」

「んー？」

頬《ほお》を赤く染めたクロは、アシメの混じった髪先を指でいじる。

コンプレックスがあるらしいが、別にオレから見て変な所は一つもない。

「男なら絶対にほっとかないレベルで可愛いから自信持て。……もちろん迫《せま》ってくる輩《やから》が来たら、オレが全力で排除《はいじょ》するから安心してくれ」

「ちょっと、詩織ちゃんがいる前でそんな……⁉」

兄弟子として守る事を宣言したのだが、クロはボンと音を立てて固まってしまう。

「……あれ、オレなにか変なこと言った？」

予想していたのと違う反応に首を傾《かし》げると、それを隣《となり》で見ていた詩織が苦笑いする。

「あはは……。女の子の身体《からだ》になってもお兄ちゃんは通常運転ね」

「詩織、それどういう意味？」

「うんうん、恋愛《れんあい》ゲームクソザコお兄ちゃんには一生分からない話よ」

「おい、オレが唯一《ゆいいつ》クリアできないジャンルの話は止めろ……」

「ふーん、悔《くや》しかったら一本完全攻略《こうりやく》するのね。そしたらなんでも一つだけ言う事を聞いてあげるわ。もちろん攻略本は見ないでね」

妹は一生終わらなそうな条件を口にした後、身をひるがえして玄関《げんかん》に向かう。

オレとクロも後ろに続いて、そこで靴を履《は》くことに。今まで愛用していたスニーカーは残念ながら、ぶかぶかで危なかった。

詩織のオシャレなサンダルを貸してもらうと、なんとこれがピッタリ。

「靴買った方が良いのかな」

「それも含《ふく》めて店巡《めぐ》りしても良いかもね。それじゃ、出発よ！」

詩織が先頭になって玄関の扉《とびら》を開く。

すると目の前にスーツ姿の女性が立っていた。

「久しぶりだな、蒼空《そら》。これから出かけるのか」

「ひ、久しぶり師匠……」

スーツ姿の女性はクロの保護者であり、オレの師匠である時雨《しぐれ》だった。

不意打ちの再会に、びっくりして固まってしまう。性転換した事を黙《だま》っていた件について、心配かけてごめんと言わなければ。

そう思い視線を泳がせながら、口を開こうとしたオレは。

なにやら師匠の足元に、小さくて動く木がいる事に気が付いた。

「……って、その足元にくっ付いているのは⁉」

久しぶりにリアルでの再会だが、それを遥《はる》かに上回る存在が足元にいた。

全長五十センチくらいで、樹木の姿をしたモンスター。

全体的なフォルムはマスコット的な感じにデフォルメされて、キュルンと黒くて丸い目はどこか愛嬌《あいきょう》を感じる。

ゲームで定番となっているそのモンスターの名は、トレントだった。

②

中央区に到着《とうちゃく》する前に、スマートフォンでトレントに関するニュースを見た。

どうやらこのモンスターは、木こり騎士が切り倒した〈精霊の木〉のエネルギーを回収し、そこからエル・オーラムが作り出した人類の味方らしい。

現に動画に映るトレントが木に触《ふ》れると光に包まれて消滅《しょうめつ》した。

触れるだけで消すなんて、一体どういう原理なんだろう。

街の中を歩き回る姿は実にシュールだが、人の力では歯が立たない木を処理する事によってトレントは既《すで》にヒーロー的扱《あつか》いをされている。

「モンスターが人類を救う存在か。どんどんカオスになっていくな」

師匠の車で目的地に到着したオレ達《たち》は、パーキングに停《と》めてトレントを引き連れながら服屋などの店巡りを開始した。

「久しぶりに来たけど、中央区の伐採も半分くらい進んでるんだな」

「そうね、まだ所々に残ってるけど大通りは完全に除去してるわ」

前にテレビで見た時は、どこもかしこも木が生えていた気がする。だが騎士とトレントの活躍《かつやく》で、木の除去は良い感じに進んでいる様子だった。

「みんなこっち、ここ私のお気に入りの店よ」

「わぁ、良い感じだね！」

この中で中央区を知り尽《つ》くす詩織が、クロの手を引いて最初の店に入っていく。

どうやら十代の女子達に人気のアパレルショップらしい。

最新のトレンドアイテムを取り揃《そろ》えているとＰＯＰに記載《きさい》されていた。店内にオレ達が入ると、店員さんとお客さんが驚いた顔をした。

視線は足元にいるトレントではなく、オレ達に向けられている。この時点で彼女《かのじょ》達がモンスターの存在を受け入れている事が分かった。

「自称神様が作った存在とはいえ、流石《さすが》にモンスターは違和感《いわかん》の塊《かたまり》なんだけど」

「これに疑問を持ってるのは、選ばれた私達だけだからな」

「声を大にして、コレはおかしいって叫《さけ》んでもムダ？」

「頭のおかしい人間だと思われて、通報されるコースだろう」

「とんでもない世の中だな……」

嘆きながらオレは、店員と他の客達の視線を無視して周囲を見まわす。

どうやら家と違って処理済みなのか、店内に木は一本も生えていなかった。

「詩織ちゃん、これどうかな？」

「うん、可愛いと思うわ。試着室はあっちにあるから着てみる？」

クロと詩織が服選びをする光景を、師匠と共に少し離れた場所から眺める。

オレの足元では、トレントがウロチョロしていた。

「このモンスターは木を消すことはできるが、それ以外はひよわなものだ。個体としてはカラスに負ける程《ほど》に弱くて、見かねて助けたら私に懐《なつ》くようになったんだ」

「なるほど、だから師匠について来てるのか」

足にしがみつく姿は、モンスターだというのに胸がキュンとさせられる。

くそ、そんな可愛い顔で見るな。抱っこしたくなるだろ。

強い意思で我慢《がまん》していると、トレントはクロ達の方に向かった。

「ふふ、この子すごく可愛いね」

「可愛いけど触《さわ》るのは、ちょっとだけ抵抗《ていこう》があるかな……」

受け入れているクロとは反対に詩織は少々警戒している。

トレントに対する二人の反応は、どちらも理解できる。

「可愛いけど、いきなりモンスターが味方で登場したら困惑《こんわく》するよ」

「……そうだな。アレが味方だと言われても、その姿は紛《まぎ》れもなくモンスターだから受け入れるのは難しくて当然だ」

「車の中でもクロに大人しく抱っこされてたし、無害なのは間違《まちが》いないんだけどな」

「私の直感だが、少なくとも悪意は感じないから大丈夫《だいじょうぶ》だろう。逆にあの無差別に生えている木からは、ドロドロとした気持ちの悪いものを感じるが」

「気持ちの悪いもの、か……」

ふと夢の中の出来事が脳裏をよぎる。

だがアレは夢の中で見聞きしたことであり、情報としての信憑性《しんぴょうせい》はない。

話したとしても余計な混乱を与《あた》える可能性が高い。

今はまだ自分の胸の内に留《とど》めておくのがベターかも知れない。

「……………〈精霊の木〉か」

オレと師匠の会話は止まり、長い沈黙《ちんもく》が支配する。

実に胃が痛くなる空気だが、そういえば心配かけた件についてなにも言えていない。

冷静に考えて、伝えるタイミングは今しかないだろう。

こういうのは時間を掛けると良くないと古事記にも書いてある。

強い緊張感《きんちょうかん》に息を呑《の》み、オレは拳《こぶし》に力を込めて勇気を振り絞った。

「ごめん、師匠……」

「うん？　それは何に対する謝罪だ？」

「性別が変わったのを、直《す》ぐに言わなかった事……」

「ああ、なるほど。わかった、もう気にするな」

「ありがと――って、はやっ⁉」

呆気《あっけ》なく許されてしまい、思わず大声を出してしまった。

周囲の一般客《いっぱんきゃく》から怪訝《けげん》な顔をされて、ヤバいと思い慌てて口を両手で塞《ふさ》ぐ。

そんなオレの様子を見た師匠は、いつものクールな顔で告げた。

「元から怒ってはいなかった。おまえの性格だと言えないのは分かるし、女になった事で落ち込んでないか心配していたくらいだが、……その服装を見て少し安心した」

「いや、この服はオレの本意じゃないんだけど……」

「分かっているさ、詩織に着せられたんだろう。オシャレと無縁《むえん》のおまえにしては、良い感じに素材を活《い》かしたセンスのある格好だからな」

「師匠、その言い方だとオレにセンスがないって聞こえるけど……」

「それじゃあ聞くが、年中半袖短《はんそで》パンにパーカーを羽織る男のどこにセンスがあるんだ？」

「すみません！　やっぱり勝ち目ないんでやめときます！」

直ぐに白旗を上げると、師匠は肩《かた》をすくめて追及するのを止めた。

そこに仲良く衣服を選んでいたクロ達が、なにやらオシャレなワンピースなどを手に駆《か》け寄ってきた。なんだろう、すごく嫌《いや》な予感がする。

危険を察知するが、逃げる間もなく彼女達の手がオレの腕を掴《つか》んだ。

「ソラに似合うと思うから着てみて！」

「お兄ちゃん、色々着せたい服があるんだけど良いかな？」

無邪気な笑顔のクロと、小悪魔的な笑顔の詩織。

断りにくいお願いと、断りたいお願いの地獄のサンドイッチ。

二人に捕まったオレは思わず、隣にいる師匠に目で助けを求めるが。

「これも良い機会だ、二人からオシャレを学んでこい」

「おい、人の心とかないのか⁉」

こうしてオレは午前中ずっと着せ替《か》え人形にされて、オシャレがどういう物なのか我が身《み》を以《も》って体験するのであった。

③

「あー、地獄だった」

「お兄ちゃん可愛かったよ？」

「おまえな……兄は着せ替え人形じゃないぞ……」

自宅に帰ると、ついてきたトレントが木の駆除《くじょ》を始めた。目につく木に触れて光の粒子《りゅうし》に変える姿は実にシュールな光景だった。

あっという間に処理を終えたトレントは、リビングの床にインテリアのように鎮座《ちんざ》した。

我が家の守護神猫様ことシロは、休憩《きゅうけい》するトレントに近づき身体を擦りつける。

側で寝転がる姿を見た詩織は、トレントに対する警戒を少しだけ解いた。

「シロがこんなに警戒しないって事は、この子は無害で良い子よね」

「シロは一番の年長だから、トレントが悪い生物じゃないって分かるんだろうな」

「この子なに食べるんだろ？」

「さぁ……植物なら水とか日光浴するもんだけど」

「じゃあ、このお水をあげるわ」

詩織が愛飲しているウォーターサーバーの水をコップに注いで上げる。目の前に差し出されたコップを見たトレントは、蔓《つる》を伸ばして中身を吸収した。

「おお、そんな飲み方するのか」

「満足そうな顔してるわ」

腹が膨《ふく》れたらしいトレントは、その場で眠ってしまう。実にほっこりする光景に頬を緩《ゆる》めると、ピロリンとスマートフォンから通知が来た。

「おや、なにやらアスオンからイベントの告知がきてる」

「……え、これって本当⁉」

「妖精《ようせい》の森にいるボスの〈クイーン・オブ・フライ〉が妖精国に攻《せ》めてくる⁉」

内容に目を通したオレ達は、そこに記された内容に目を見張る。

【蠅《はえ》の女王襲撃《しゅうげき》】
【詳細《しょうさい》】：覚醒《かくせい》した蠅の女王が、遂に妖精国を滅《ほろ》ぼす為に進軍を開始する。
【参加条件】：レベル30以上。
【勝利条件】：妖精国に到達《とうたつ》する前に女王を討伐《とうばつ》する事。
【敗北条件】：妖精国に女王が到達する事。

【敗北ペナルティ】：汚染ゲージの増加。
【クリア報酬】：妖精王から〈妖精の指輪〉が参加プレイヤーに贈《おく》られる。

しかも指輪の効果で〈精霊の森〉に入る事が可能となる。

ということは、もしかしてこれをクリアしたら〈暴食の大災厄〉戦に師匠《ししょう》や詩織達も参加できるようになるのではないか。

端末《たんまつ》から目を離したオレは、ちょうど隣にいる師匠に視線を向ける。

彼女《かのじょ》は口元に笑みを浮かべ、実に楽しそうな顔をしていた。

「ちょうど数日前に、私が進めていたスペシャルクエストが完了《かんりょう》したんだ。その時に手に入れた力で、奴《やつ》を草原に叩《たた》き落としてやろう」

「マジか……。動画で師匠がボス戦に参加してないのは知ってたけど、スペシャルクエストやってたんだ。一応聞くけど内容は何だったんだ？」

「妖精王から依頼《いらい》されて、腕の立つ仲間達と〈闇《やみ》の信仰者《しんこうしゃ》〉の本拠地《ほんきょち》を攻めたんだ。枢機《すうき》卿《きょう》というヤツに苦戦をしたが、倒したら良いスキルを手に入れた」

「良いスキル……？」

なにそれ、すごく気になる。

世界最強である彼女は、同じプロにもアイツは人間じゃないと言わしめる怪物《かいぶつ》。

そんな師匠が手に入れた、良いスキルとは一体なんなのか。

「一応聞くけど、どんなスキルを手に入れたんだ?」

「それはまだ秘密だ、楽しみは後にとっておけ」

「オーケー、そういう事なら楽しみにしてるよ」

確かにネタバレは、視聴《しちよう》する面白《おもしろ》さが半減以下になってしまう。

妖精王のクエストで一体なにを獲得《かくとく》したのか。今後の楽しみにするとして、オレはゲーム前に風呂に入ろうと思ったのだが。

いつものように詩織とクロと脱衣《だつい》所《じよ》に向かい一緒に入る準備をしていたら、そこに師匠も交ざってきた。

「……その情けない目隠《めかく》しはなんだ?」

「え、いや……この身体を元男の自分で洗うのは、アレだと思って……」

「魔王《まおう》シャイターンにいつ到達できるか分からないのに、いつまでも妹におんぶにだっこは不味いと思わないのか?」

「うん……それはそうなんだけど……」

「わかった、ならば今日から目隠し無しで私が洗い方を教えてやる」

ぱっと目隠しを取られて、オレは激しく狼狽《ろうばい》した。

「し、しししししょう⁉」

「そんなに取り乱すな。しっかり手入れを教えてやるから心配する必要はない」

そう言いながらも師匠は服を脱《ぬ》ぐ。

毎日トレーニングをこなしている彼女の身体《からだ》は、アスリートのように引き締《し》まっていた。

その背後で此方《こちら》に背を向けて、詩織とクロが服を脱いでいるのに気づき。

「……っていうか、詩織とクロは別にしないのか⁉」

「別におまえがガン見しなければ問題ないだろう。それと第一に私と詩織に関しては、小さいとき一緒に入っていただろうが」

「あ、はい……」

容赦《ようしゃ》のない師匠に指導され、服を脱いだオレは浴室に連行される。そして生まれて初めて、性転換した身体を自らの手で洗った。

二人を見ないようにするのは大変だったけど、無事に浴室から出て再び脱衣所へ。

水滴《すいてき》が流れ落ちる身体を拭《ふ》き、髪を指導通りに乾《かわ》かしながら「女の人って大変なんだな」と、オレは初めて体験した感想を呟《つぶや》いた。

こうしてスパルタ指導を終え、自分は一つ女性の階段を上った。

第二章◆指輪を求めて

普段《ふだん》通り軽い気持ちでログインする。

目覚めて視線の先にあるのは、テレビでしか見ないような天蓋《てんがい》。

身体を起こし見回した部屋は、精霊のお城内部にある客室だった。

軽く伸びをしたオレは高級感あふれるベッドから降りる。

その数秒後にクロがログインして来た。

「あれ……なんでソラ、いつもわたしより少し早いの？」

「ヘッドギアのスペック差かな。一応オレの春に出た最新モデルだし」

「マシンが違《ちが》うとログイン速度に差が出るんだ……」

「と言ってもログイン速度以外には、メモリとかの違いしかないぞ。ぶっちゃけ趣味《しゅみ》の範《はん》疇《ちゅう》でしかないから、無理して高いのを買う必要はないかな……」

装備のチェックを済ませたら、オレ達《たち》は部屋を出て王の間を目指した。

「……うん？　なんか皆《みな》バタバタしてるな。なにかあったのか？」

「ほんとだ、どうしたんだろうね」

城勤務のメイドや騎士《きし》達が、慌ただしく走り回っている。

全員の雰囲気《ふんいき》はただ事ではない。

緊迫《きんぱく》した空気が此方にも伝わってくる程だった。

誰《だれ》か捕まえて情報を聞こうと思ったその時、なにやら医務室の前で佇《たたず》んでいる翡翠《ひすい》色の髪と長い耳が特徴的な少女がいた。

彼女の名前はアリア。精霊と妖精の血を引くハイブリッド姫《ひめ》だ。

声を掛《か》けようと手を上げると、彼女はオレと目が合うなり駆け寄ってきた。

「こんばんは、アリア——うわぁ⁉」

全力ダッシュして来た彼女は、無言で勢いを止めず抱き締めてくる。危うく後ろに転倒しかけたけど、オレは巧《たく》みに身体を制御して耐《た》える。

豊満な二つが押し付けられて非常にドキドキした。

「ちょ……アリア胸が……」

「ソラ様、大変です。アハズヤ姉様が医務室に……」

なにやら只《ただ》ならぬ様のお姫様。

彼女の口から出た、自分達も良く知る副団長の名にオレは眉《まゆ》をひそめる。

「落ち着けアリア、アハズヤ副団長に何があったんだ」

「姉様が、姉様が……っ」

完全に落ち着きを無くしている彼女は、今にも泣きそうな顔をしている。

たった半日ログインしなかった間に、一体なにがあったのか。

この状況《じょうきょう》では何も分からない。だからオレは横でハラハラしている様子のクロを尻目《しりめ》に、努めて冷静な対応を取ることにした。

「うん、わかった。取りあえず医務室に入って良いのかな？」

「……はい、大丈夫です」

アリアの許可を貰《もら》い、オレとクロは目の前にある医務室に入ることに。

廃人《はいじん》ゲーマーとして色んな展開を想定しながら中に足を踏《ふ》み入れると、騎士団長のガストとばったり遭遇《そうぐう》した。

彼女はアリアに優しい笑《え》みを向け、次に一つの吉報《きっぽう》を告げる。

「王女、良いタイミングで。アハズヤの意識が戻《もど》りました」

「え、ガストさん本当ですか！」

彼女の報告に声を弾《はず》ませたアリアは、視線を病室内の一ヶ所に向ける。

そこには意識が戻ったアハズヤが、ゆっくり上半身を起こしていた。

「……ああ、アリア姫。おはようございます」

「アハズヤ姉様……っ」

入るなりアリアが、アハズヤに向かっていく。

そして先程オレにしたように、思いっきり抱《だ》きついた。

鎧《よろい》を着ていない彼女の口からは、ぐはっと苦しそうな息が漏《も》れる。

だが注意せずにアハズヤは抱き締め、嗚咽《おえつ》を漏らすお姫様の頭をそっと撫《な》でた。

「私は生きています、目も覚めましたので泣かないで下さい」

「でも、でもアハズヤ姉様の腕《うで》が……」

ポーションでも全回復しきれていない程に、彼女の身体は傷だらけだった。

ただ何よりもオレが注目したのは、彼女の左腕《ひだりうで》が半ばから消失している事。

この前妖精国で襲撃してきた〈ダーク・シューペリアナイト〉との戦いで、全く同じ場所を切断した記憶《きおく》が脳裏に浮《う》かび、厳しい顔をしてしまう。

心配する気持ちもあるけど、それ以上にオレの意識は彼女の腕に釘付《くぎづ》けとなった。

「アハズヤ副団長、目覚められたようでなによりです。その腕は……」

「ああ、情けない姿を見せて申し訳ありません。実は〈闇の信仰者〉達にキャンプが強《きょう》襲《しゅう》されて、その時に幹部との一騎打《いっきう》ちで失ったんです」

「〈闇の信仰者〉の強襲……、その時にいた貴女《あなた》の部下達は無事なんですか」

「無事ですよ。結構危ない所でしたが、敵を撃退《げきたい》して全員なんとか生還《せいかん》できました」

「「「副団長！　意識が戻られたんですね‼」」」

ガストからアハズヤが目覚めたという情報を聞いて駆け付けたのか、以前に会った騎士のお姉さん達が続々と入ってくる。

彼女達は全員泣《な》き腫《は》らした顔で、本気でアハズヤの事を心配している様子だった。

しかも装備はボロボロで、全員鎧の耐久値《たいきゅうち》が砕《くだ》け散る寸前だ。

うーん、見聞きした感じ戦闘《せんとう》があったのは本当っぽい。

動機は置いといて、アハズヤが〈ダーク・シューペリアナイト〉だと仮定した場合に、仲間である〈闇の信仰者〉と戦う理由はないはずだ。

まさかオレの見間違《みまちが》いだったのか、いやでも〈洞察《どうさつ》〉スキルはたしかに……。

『マスター。同一のものかは、武器を見たら分かるのでは？』

こんな皆が心配する状況下で、武器を見せて欲《ほ》しいなんて言えるか！

頭の中に直接語り掛けてくるサポートＡＩ〈ルシフェル〉の提案を却下《きゃっか》する。

どう考えても怪《あや》しすぎるし、もしも彼女が敵だったら自ら疑ってますと言っているようなものだ。

内心で呆《あき》れていると、そのタイミングで部屋にシルフ女王が姿を現した。

彼女はオレ達を見回した後に、アハズヤにゆっくり歩み寄る。

「アハズヤ、貴女や部隊の方々が無事でなによりです」

「シルフ女王、申し訳ございません。片腕《かたうで》を失った私はもう騎士として役に立つことは……」

その一言に胸がキュッと締め付けられた。

たしかに片腕がない状態では、日常生活にも支障が生じる。訓練したら戦えない事はないけど、そのハンデは副団長という役職には大きな足枷《あしかせ》だった。

騎士団長であるガストや、周囲にいる部下達も険しい顔をする。それは彼女が沢山《たくさん》の努力を重ねて、今の地位にまで上り詰《つ》めたことを知っているからだ。

幼い彼女を保護した、親同然の女王は首を横に振《ふ》って否定する。

彼女は回復スキルを発動させ、アハズヤの隻腕《せきわん》以外の傷を全て治した。

「隻腕になったからと言って、貴女を見放すことは断じてしません。智将《ちしょう》として活躍する事もできますし、アリアの護衛に任命することだってできます」

「……お気遣い、感謝いたします」

「はい、全員今は焦《あせ》らず体力を回復させることに専念して下さい。生きてさえいれば今後の道は、いくらでも決める事ができるのですから」

流石は女王、としか言いようのない神対応だった。

彼女の言葉に、アハズヤと部下の女性達は深く頭《こうべ》を垂れた。

「話は以上です。ソラ様とクロ様、アリアは私について来て下さい」

「はい、わかりました」

承諾《しょうだく》したオレ達は、シルフ女王とガストと共に医務室を後にした。

①

お茶会などを行うテラスに到着すると、シルフ女王は適当な椅子《いす》に腰《こし》を下ろす。

座《すわ》るように促《うなが》されて各々《おのおの》椅子に座る。

全員が着席したのを確認《かくにん》すると彼女は小さな溜息《ためいき》を吐《は》き、自身の失態を語るように思いを口にした。

「封印《ふういん》の地は〈闇の信仰者〉も重要視する、もっとも危険な場所です。襲撃を受けてアハズヤが片腕を失ってしまったのは、情報を得るために留まり監視《かんし》すると言った彼女を説得しきれなかった、私の失態です」

「シルフ女王、それを言うならば騎士団長である私の判断ミスです。森の中で部隊の機動力を優先し、戦力を投入できるギリギリにしていたのですから」

「お母様やガストさんのせいではありません、全ては〈闇の信仰者〉の仕業《しわざ》です！」

暗い顔を見せるシルフとガストを、アリアは精一杯《せいいっぱい》フォローする。

たしかに元はといえば、攻めてきた敵側が悪い。

この件に関してシルフやガストにも責任はない。アレだコレだと議論するのは、正直不毛なんじゃないかなと思ってしまう。

何故《なぜ》なら後悔《こうかい》をどれだけしても、時間はけっして巻き戻ることはないのだから。

故にオレは皆の前で右手を上げて、声を大にして告げた。

「大事なのは過ぎた事じゃなく、これからだとオレは思います」

「みんなで大災厄《だいさいやく》を倒《たお》して森を平和にしたら、悩《なや》む必要なんてなくなるよ」

「お、クロも良いこと言うね」

「ソラの妹弟子《でし》だからね」

魔王並みに恐《おそ》ろしい師匠を持つ者同士、肩を組んでオレはシルフ達を見る。

彼女達は少しの時間、その場で呆然《ぼうぜん》となる。数秒間だけ何かを考えるような素振《そぶ》りを見せた後、シルフは表情を緩め口を開いた。

「ソラ様……そうですね。ではこれからについて話をしましょう」

「ふむ、なら先《ま》ず私から話をさせてもらおう」

一番目に名乗り出たのはガストだった。

「例の黒騎士《くろきし》の鎧に関してだが、特徴《とくちょう》からして〈ヘルヘイム国〉の鎧だと思う」

「〈ヘルヘイム国〉？」

「もっとも魔《ま》王封印《おうふういん》の地に近い国だな。モンスターも強力な個体が多いため、特殊《とくしゅ》な鎧で自国の兵を強化する事で対処しているみたいだ」

「その鎧って装備すると脱げないんですか」

「ああ、その中で脱げないのは罪人の鎧だな。何らかの罪を犯《おか》した者は、死ぬまでヘルヘイム王族の命令に従い続ける奴隷《どれい》の呪《のろ》いを付与《ふよ》されるらしい」

「なにそれ怖《こわ》い……」

恐ろしい呪い効果にドン引きしてしまう。

この話が本当なら、あの黒騎士は〈ヘルヘイム国〉で何らかの罪を犯した罪人という事になる。

でも記憶してる彼《かれ》との会話では、そんな罪人のイメージは全くなかった。

まさかオレが聞いていたアレは全部ウソだった可能性もあり？

極悪人《ごくあくにん》ならばやりかねないが、少なくともオレが見ていた限りでは彼がウソを言っている感じには見えなかった。

どこか迷子になった子供の様に、深い悲しみに暮れていた横顔を思い出す。

うーん、流石にアレはウソじゃないと思うなぁ……。

『マスター、一つだけ先に言っておきますが』

どうした、まさか何か分かったのか。

『その逆です。彼の発言がウソか本当かについては、このサポートＡＩの私に聞いても分かりませんので悪《あ》しからず』

ちょっと黙ってくれないか……？

おバカなルシフェルの発言に、何とも言えない顔をさせられる。

取りあえずオレは、この件に関して一旦《いったん》後回しにする事にした。

「もしも次に会うことがあったら、本人に直接聞いてみます」

「黒騎士さんと、わたしも話をしてみたいな」

「クロの純粋《じゅんすい》オーラだったら、彼から情報を引き出せるかもな」

ただ〈ティターニア国〉で一戦を交えてしまった以上、次に会ったら戦闘になる可能性が大なので要注意だけど。

ガストの話が終ると、次にシルフが口を開いた。

「私からの話は、南東にある風の神殿《しんでん》を目指す上で絶対にさけられない〈古《いにしえ》の墓森《はかもり》〉についてです」

「以前聞きましたね、具体的にはどんな場所なんですか？」

「あそこは遥か昔に大災厄との戦いで、勇敢《ゆうかん》にも散った精霊《せいれい》と妖精達《ようせいたち》を弔《とむら》う為《ため》に作られた墓があります」

「墓という事は、つまりその森には……」

「お、おばけが出る……？」

「はい、森に入ればゴースト達に襲《おそ》われることになります」

クロの質問に、シルフは深く頷《うなず》いて見せた。

ゲームで墓というワードが出たら、それはもう幽霊《ゆうれい》が出る確定演出みたいなもの。

オレは平気だけど、どうやらクロは苦手らしい。想像だけで「あわわ」と冷静さを失い、真横にいるオレにしがみ付いてきた。

一方で話を真剣《しんけん》に聞いているアリアは、全く怖がる様子は見られなかった。

「アリアは、オバケ平気なのか」

「え、オバケと言っても、勇敢な方々の残留思念みたいなものです。毎年墓参りに行くと必ず出てくるので、敬意をもって倒すことが大事だとお母様から教わりました」

「とんでもない墓参りだな」

「ごほん……話が逸《そ》れましたので、本題に入ります」

シルフの言葉で、脱線《だっせん》していた話は軌道《きどう》修正する。

オレ達の視線を受けながら、彼女は右の人差し指を上げてこう言った。

「墓森は呪いが掛かるようになっています。これは絶対に防げない特殊な呪いで、正しい道を進めなかった場合即座《そくざ》に入り口に帰還《きかん》するようになっています。いわば神殿に不届き者達が入って来られないようにする防衛装置ですね」

「という事は、正しい道を進む方法をシルフ女王達は知ってるんですね」

「はい、古より王家にしか伝えられていないヒントがあります。良いですか一度しか言わないのでしっかり聞いてください」

「オーケー、ちょっとメモの準備するからお待ちを」

メモ画面を開いて、仮想キーボードに手を置く。

準備を終えたオレは一体どんなヒントだろうと少々緊張する。

みんなの視線が集まる中、真剣な顔をするシルフ女王は重々しく口を開き。

「――闇の中では導きの光は現れぬ。光の世界にて正しき影《かげ》の道を進め、さすれば神殿の道開かれん。これが代々精霊王に伝えられている森を抜《ぬ》ける為のヒントです」

「い、意外とシンプルで分かりやすいヒントだった……」

「おお、ソラ様はもうお分かりになったんですか。流石は天使様の力を受け継《つ》がれた冒険《ぼうけん》者《しゃ》ですね」

「シルフ女王達は、このヒントは分かってるんですか」

「私達が分かっているのは、夜ではなく朝に謎《なぞ》を解くという事だけです」

「なるほど……」

シルフから称賛《しょうさん》されるが、正直これで褒《ほ》められるのは複雑な心境だ。

クロはこのタイプの謎が出てくるゲームをした経験がないのか、となりで「正しい影……」とブツブツ呟いている。

「似たような謎解《なぞと》きは、色んな世界で体験してきましたからね」

「ソラ、答えは何なの？」

「ここだと誰に聞かれてるか分からないし、楽しみは森に着くまで取っといてくれ」

「むう……わかった」

言われたクロは、渋々《しぶしぶ》と言った感じで謎に対して口を閉ざす。

そんな彼女の姿がおかしかったのか、他の三人はクスクスと笑った。

「話は以上ですね。本日はもう暗いので出発は明日にしましょう。なにか必要なものがありましたら、私にお申し付けください」

シルフが締めると、この集まりは解散する流れとなった。

明日出発の準備をする為に、オレは街に出て鍛冶屋《かじや》でグローブを〈ニンフェインゴット〉で強化し道具屋でアイテムを整える。

最後にアハズヤのお見舞《みま》いをして、本日のゲームプレイを終えた。

②

翌日のテレビは、ボスの〈クイーン・オブ・フライ〉との戦いに向けたプレイヤー達の集まりが報道されていた。

彼等が所属するクランは〈ヘルアンドヘブン〉と〈フロイライン〉。

同じ三大クランの〈天目一箇《てんもくいっこ》〉は生産職クランなので、今回は装備やアイテム面でのサポートを行っているらしい。

合計六十名ものレベル『30』超《ご》えの集いは、実に壮観《そうかん》の一言であった。

「……で、そのチームの団長と副団長がこの家にいると」

「今まで意識してなかったけど、それに加えてアスオンで一番レベル高いソラと、次に高いわたしがいるってスゴイ事だよね」

「ほんとゲーマー一族だよなぁ……」

ちなみに二人は朝食を終えると事前ミーティングがあるからと言って、アスオンにログインしに行った。

ここに残っているのは、オレとクロだけだ。

「人数が多くなるとヘイト管理とか、回し方が一気に難易度爆上《ばくあ》げになるからな。今師匠《ししょう》達《たち》は作戦を煮詰《につ》める為にメチャクチャ話し合ってるはずだ」

ただ敗北条件を見た感じだと、到達されるまでは何度でも挑戦《ちょうせん》できるようだ。

だから最初は敵のパターンが変わっていないか、手さぐりでも問題はなさそうだが。

『やってやるぜえええええええええええ!!』

『あの空飛ぶクソハエを地面に叩きつけてやるわああああああああああ!!』

今まで煮《に》え湯《ゆ》を飲まされ続けてきたせいか、それとも先日の報道が頭にきたのか。

プレイヤー全員が、この一回のチャレンジで終わらせてやると言わんばかりに、今から挑《いど》むボスに対し殺意マシマシの状態になっている。

その殺意はビリビリと、画面越しに此方にまで伝わってくる程だった。

「うーん、これは大丈夫かな……」

「やる気があるのは良いことじゃないの？」

「勢いがあるのは良いことなんだけど、ボス戦は逆効果なんだよ。冷静に戦局を見て動かないといけないから、アレだとミスする可能性がある」

「そうなんだ、ゲームって奥《おく》が深いんだね」

「そうそう、顔真っ赤にする奴より冷静に対処する方が強い。それはアスオンでも例外じゃない。頭の中に入れといた方が良いよ」

「わかった、おぼえとく」

素直《すなお》だなぁ、とクロの返事にほっこりする。

未《いま》だにプレイヤー達の騒《さわ》がしい様子が映っているテレビを、そろそろ消して自分達も出発しようと考えたら。

一人のプレイヤーが現れたことで、この場の空気が一変した。

やや暴走気味だった彼等を黙《だま》らせたのは一人の双剣《そうけん》使い。

ゆっくり強者の風格を纏《まと》って姿を現したのは、自分とクロの師匠であり対戦ゲームの世界王者の時雨《しぐれ》だった。

彼女が放つ圧は、画面越しでも伝わってくる程《ほど》に凄《すさ》まじい。

自分もそれなりに成長したが、アレと戦ったら勝てるか分からないレベルだった。

この場を支配した師匠は一言だけ『整列』と告げる。

逆らう者は一人もいない。

作戦の説明を始めると、彼女の声しか聞えなくなった。

やっぱすごいわ、オレ達の師匠は……。

③

準備を終えたオレ達は城の門に集まった。

全員装備がアップデートされていて、ステータスも強化されている。

オレの〈ジェネラル・グローブ〉も、ニンフェインゴットを強化素材に使った事で強度と攻撃力《こうげきりょく》が強化された上にMPが20増えた。

軽く握《にぎ》って感触《かんしょく》を確かめながら、オレはクロに言った。

「具合は良い感じかな。クロ、ちょっと〈龍拳《リュウケン》〉をオレに放ってくれ」

「りょーかい」

素直なクロは躊躇《ためら》うことなく、全身全霊《ぜんしんぜんれい》の右ストレートを放つ。

相変わらず良いフォームだ。こんな綺麗《きれい》な拳《こぶし》は中々に見られない。

鋭《するど》い拳を見据《みす》えたオレは最速の動きで同じストレートを放ち、クロの拳に対し真正面から拳を衝突《しょうとつ》させた。

スキルアシストでブーストされた一撃《いちげき》は、押《お》し負けることなく相殺《そうさい》される。

お互《たが》いに軽く後ろにノックバックすると、クロは驚《おどろ》いた顔をした。

「〈格闘家《かくとうか》〉のスキルと互角《ごかく》って、ありえないんだけど……」

「ほ、ほら……こっちは拳打しかできないからさ。盾貫通《たてかんつう》する掌底《しょうてい》とか〈格闘家〉は拳でも色々とバリエーションがあるだろ」

「まぁ……そうなんだけど」

ムスッとしていたクロは、追及《ついきゅう》しても仕方ないといった感じで矛《ほこ》を収める。

「はははは！　相変らず面白いことをするものだ。まさか〈付与魔術師《ふよまじゅつし》〉なのに〈格闘家〉の技と拳で互角とは、流石《さすが》はソラ様だな！」

その様子を見ていたガストが、笑いながら今の一芸に拍手《はくしゅ》を贈る。

「できる事は増やした方がお得ですからね。例えば武器が手元にない時に、無手でも敵を倒せるようになっとけば焦ることはありません」

「なるほど、向上心が大事というわけだ」

「そうですね、でも一番良いのはそんな状況にならないよう気を付けることなんですが」

それは戦闘だけに限った話ではない。

自分達がこれから挑むのは、補給が期待できない旅路だ。

常に最悪の事態を想定して動かなければ、オレとクロはともかく大切な友であるアリアを危険に晒《さら》すことになる。

念のためにクロにも呼びかけ、回復アイテム等の貯蓄《ちょちく》が十分か確認する。

「アイテムＯＫ！　今回オレとクロの方針はこうだ。一にアリアを守る、二にアリアを守る、三にアリアを守って四と五もアリアを守るだ！」

「まかせて、最悪肉壁《にくかべ》してでも守るんだね」

「わ、わたくしは、そんなに大事にされるほど弱くはないです！」

過保護すぎる方針に、アリアが慌《あわ》てて抗議《こうぎ》する。

見送りに来ているシルフとガストや騎士達も、これには苦笑いしていた。

「――とまぁ、第二以降は冗談《じょうだん》だけど第一は本気だよ」

「わたし達と違って、アリアの命は一つだけだからね」

「むぅ……それはそうですが……」

本当は置いて行きたいところだけど、彼女がいないと神殿の扉《とびら》を開ける事はできないので連れて行かざるをえない。

ゲームの仕様って、毎回こういう所が辛《つら》いんだよな。

苦々しく思っていると、シルフがアリアに歩み寄ってきた。

「本当は護衛を付けたい所だけど。アハズヤが負傷している今、残念ながら貴女達《あなたたち》のレベルについていける兵はこの国にいません」

「下手な兵を付けると足手まといになり、窮地《きゅうち》に陥《おちい》ることになるかも知れない。故に我々はソラ様とクロ様に全てを託《たく》すしかありません」

「ですから、貴女を信じて無事に帰還することをここで待っています」

「はい、お母様、ガストさん。わたくし、精一杯頑張《せいいっぱいがんば》ります」

シルフは覚悟《かくご》を決めた娘《むすめ》を、そっと寄せ胸に強く抱き締める。それは時間にして数秒間だけ、二人とも口元に笑みを浮かべると離《はな》れた。

「……？」

不意に傍《かたわ》らにいるクロが服の裾《すそ》を握ってくる。

少しびっくりして見ると、彼女は複雑そうな顔で二人の様子を見ていた。

「どうかした？」

「ごめん、何でもない……」

謝罪を口にしたクロは、すぐに手を離して距離《きょり》を取った。

気がかりではあるが、オレにはやらないといけない事がある。こっそりガストに歩み寄り、耳を貸してくれとお願いする。

彼女は首を傾《かし》げるが、大人しく従ってくれた。

話が聞かれないように移動すると、周りに聞こえないよう耳元に顔を寄せ。

「ちょっとごめん。オレが不在の間、宝玉の警備を強化してくれないか」

「宝玉の警備を？　ソラ様、それは一体どういう……？」

「昨日は黙っていたけど〈ティターニア国〉でギオル団長から宝玉を奪《うば》った敵が——〈シルフィード・ソード〉を持っていたんだよ。しかもオレがその時に切った腕と、まったく同じ個所《かしょ》を〈闇の信仰者〉の襲撃《しゅうげき》でやられている。百パーセントじゃないけど、オレの視点だと限りなくアハズヤ副団長は……怪しい」

「な……そんなことが……いや、でもなぜ？　ギオルに傷を負わせてまで、宝玉を欲《ほっ》する動機なんて……」

動揺《どうよう》するガスト。彼女が直《す》ぐに否定しないのは、オレが全てを見抜《みぬ》く目〈洞察〉スキルの所持者であることを知っているからだ。

彼女は旦那《だんな》であるギオルから〈ティターニア国〉で起きた事件の詳細を聞いている。その際にシューペリアナイトから手痛い一撃を受けてダウンしたことも。

「あの時に敵は、ギオル団長を確実に排除《はいじょ》できたはずだ。逃《に》げるなら後々復活されるより
は、そうした方がはるかに良い。だけど奴《やつ》は、あの場面でわざと急所を外したんだ。オレ
はその行動がずっと引っ掛かっている」

「ギオルが奴から殺意を感じなかったと聞いた時は、なにを言ってるんだと思ったが……」

足止めの為に殺さなかった事も考えられる。

だけどオレは、手元にある判断材料からその可能性を排除した。

何故ならアリアのピンチに、自分と一緒《いっしょ》になって気が逸れていたのだから。

「多分理由は、ギオル団長が貴女の身内であり友人だから」

「なるほど、中々に興味深い推理です。……ああ、だからガストはシューペリアナイトを
殺さずに捕《つか》まえて欲しいと言っていたのか」

「そんな話をしたんですか？」

「はい、もしかしたら最初の一撃を受けた時に察したのかもしれませんね。彼女《かのじょ》の剣技《けんぎ》は、
師である私に似ていますから」

納得《なっとく》した様子のガスト団長、ただその表情はとても複雑な感じだった。

「とにかく彼女が〈ダーク・シューペリアナイト〉なら、オレが不在になるこのタイミン

グでアクションを起こす可能性が高い。だから……」

「了解《りょうかい》した。万が一を考えて宝玉の警備を強化しよう」

「ありがとう、正直このことを伝えるかは迷ったけど」

「いや、これは無視できない案件です。特に彼女を家族として接しているシルフ女王やアリア王女には聞かせられない。ならば私が受け持つのが正解でしょう」

「ごめん、嫌《いや》な役回りを押《お》しつけちゃって」

「警戒《けいかい》しているだけですから、過酷《かこく》な戦地に向かわれるソラ様達に比べたら気楽なものですよ。最悪の場合は張り倒して正気に戻します」

「それで済んでくれたら良いんですけどね」

熱血少年マンガ的な対処法に、思わず吹《ふ》き出しそうになった。

願わくは、なにも起きないことを祈《いの》るばかりだ。ガストの用件を終えると、オレは待ってくれているクロとアリアに合流した。

「用事は終わった？」

「うん、クロは……」

「わたし？　わたしは大丈夫《だいじょうぶ》だよ」

いつもの調子に戻っている彼女は、キョトン顔する。

どう考えても先程《さきほど》のアレは、大丈夫には見えなかったが。

「大丈夫なら、良いんだけど」

クロはくすりと笑い、何でもないように振る舞《ま》う。

不安はあるが準備は万端《ばんたん》、コンディションも完璧《かんぺき》。

アイコンタクトした後、アリアが大きく手を上げた。

「それでは行ってきます！」

王女の号令と共にオレ達は、南東にある〈風の神殿〉を目指し出発した。

④

アレから何時間くらい歩いたか。

出発した時は青かった空も、徐々《じょじょ》にオレンジ色に染まっていく。

夕焼けのキレイな森の中、偶《たま》に小さな泉を発見しては小休憩《しょうきゅうけい》をする。

道中で遭遇するモンスターもバアル系は見なくなった。

代わりにハチ型の〈ポイズンビー〉とかクモ型の〈ポイズンスパイダー〉等、毒オンパレードの地味に面倒《めんどう》なモンスターを切り倒しながら、オレ達が奥に進んでいくと。

「ここを抜ければ〈古の墓森〉なんですが……」

「さてさて、本日のメインディッシュかな」

「お、大きい……」

先に行かせんと立ちはだかったのは、レベル『40』の巨大《きょだい》な熊型モンスター。

その名はエリアボス〈ゲート・フォレストベア〉。

「あんなモンスター、今まで一度も遭遇したことがありません……」

「なるほど、ということはレアエンカウントか。胸が熱くなるな」

オレの〈洞察〉によると、大きな爪《つめ》から放たれる〈ベアナックルクロー〉は要注意。他に気になるのは〈ガイアヒール〉という初見の回復スキル。

丸太の様に太い四肢《しし》を見て、スピードの遅《おそ》いパワータイプだとメタ読みする。

「取りあえず雑魚《ざこ》モンスターが湧《わ》いてるから、アリアはそっちの対処を頼《たの》む、オレとクロは奴を倒すぞ」

「りょーかい！」

「お任せください！」

――そして戦闘が始まった数分後。

ボスの動きが遅いのは当たっていたのだが、想像以上に奴の〈ガイアヒール〉が厄介《やっかい》な能力だということが分かった。

「いやぁ、ヒットアンドアウェイの対策をしてくるとは！」

ヒットアンドアウェイ。

攻撃《こうげき》しては危険域から離脱《りだつ》する基本的な戦法で、大型モンスターから一撃を受けないようにするのなら、これ以上の戦い方はない。

しかし〈ゲート・フォレストベア〉は、これが有効ではない厄介な敵だった。

「クロ、余り奴に踏み込《こ》みすぎるな！」

「くう……ッ」

二《に》連撃《れんげき》〈白虎《びゃっこ》〉を放ったクロは、ターゲットにされてとっさに右ステップを踏む。

だが大熊の動きは素早《すばや》い。上段からの振り下ろし攻撃を地面に叩《たた》きつけた後、そこから大振《おおぶ》りの横薙《な》ぎ払《はら》いに変更《へんこう》してくる。

バックステップで範囲内《はんいない》から逃《のが》れようとしたが、ギリギリ捉《とら》えられて小柄《こがら》な身体は大きく吹っ飛ばされた。

並外れた身体操作で転倒《てんとう》を避《さ》け、クロは地面に着地する。

勢いが止まらず地面を滑《すべ》ると、そこに敵は追撃《ついげき》を仕掛《しか》けんと突進《とっしん》のモーションに入った。

「させるかよ！」

前に出たオレは〈ソニック・ソード〉で接近。

勢いのまま白銀の剣を横に構え〈レイジ・スラッシュ〉を放つ。

鮮烈《せんれつ》な銀色のスキルエフェクトと共に振り払った一撃は、大熊の丸太みたいな左足を完全に切断した。

少しの硬直《こうちょく》時間を課せられるが、足を失った敵も一時的に動けなくなる。

その隙《すき》にクロは安全圏《あんぜんけん》に移動、オレも直ぐに突進スキルを推進力に離脱した。

「少し踏み込み過ぎるだけで死に繋《つな》がる。次は気を付けてくれ」

「うん、ごめん……」

出発した時から、若干《じゃっかん》集中力を欠いているように見える。

天性の才能でカバーしてきたが、強敵を相手に浮き彫《ぼ》りになったのだ。

とはいえ、ここでそれを指摘《してき》しても直ぐに改善できるかは微妙《びみょう》だ。

オレにできることは、彼女の分も頑張《がんば》ることだけ。

「失敗は次に生かせば良い、オレだって偶にやらかすからな」

「ありがとう、次は失敗しないよ」

「おう、その意気だ。で問題だけど……」

片足を切断したというのに、地面に転がるのとは別に新しいのが生えてくる。

過去にない程に、強力な回復能力だった。

「ソラ、いくら攻撃してもダメみたい」

「ああ、こいつは一気に最大火力を叩き込まないといけないっぽいな！」

オレとクロは攻撃を避けながら、一撃離脱《いちげきりだつ》を繰《く》り返している。

しかし敵はどれだけダメージを受けても、十秒後に足元からエネルギーを吸い上げて全回復する驚異的《きょういてき》な能力を有していた。

恐らく攻略法《こうりゃくほう》は地面から離すか、回復する前に削《けず》り切るか。

こんな巨体《きょたい》を地面から離すなんて、どう考えても無理ゲーだ。

だからオレ達《たち》が選べるのは一つだけ、十秒以内に一気に削り切るしかない。

となると、ここはオレ――〈付与魔術師〉の出番だ。

「クロ、火属性と攻撃と敏捷《びんしょう》を強化するぞ！」

「うん！」

見抜いた敵の属性は木属性、ならば手持ちから選び発動するのは〈エンチャント・ファイア〉と〈ハイストレングス〉と〈ハイアクセラレータ〉。

赤と青の光の粒子《りゅうし》を纏ったオレ達は、作戦の打ち合わせをする。

「オレが一気に決める。クロはできる限り動きを阻害《そがい》する攻撃を頼む」

「りょーかい！」

息を合わせ二人同時に飛びだす。

当然〈ゲート・フォレストベア〉も迎撃《げいげき》する構えを取っていた。

「はぁっ！」

先行するクロは危険を冒《おか》し、鋭いナックルをかい潜《くぐ》る。

すれ違《ちが》いざまに彼女は炎《ほのお》を纏う〈瞬断《シュンダン》〉を発動、先程生え変わったばかりの足を深く切り裂《さ》いて敵のバランスを崩《くず》す。

——カウントスタート。

先程の反省を生かし離脱しながら、クロは振り返って追走するオレを見た。

「ソラ、今だよ！」

「任せろ」

あの巨体だ。片足に深手を負った状態から、立て直すのは容易ではないはず。

そして案の定〈ゲート・フォレストベア〉は片膝《かたひざ》をつきながら、オレの接近を阻止《そし》しようと不安定な姿勢で右腕《みぎうで》を横に振るった。

「その程度で止まるか！」

タイミングを見計らい跳躍《ちょうやく》する。

避けた敵の大きな右腕を足場に高く跳《と》ぶ。

至近距離まで接近したオレに、大熊は噛《か》みつこうとした。

それよりも早く、右手に構えた白銀の剣が青い光炎《こうえん》を放つ。

渾身《こんしん》の力でオレが繰り出した〈ストライク・ソード〉は巨大な熊の首に半ばまで突《つ》き刺《さ》さった。

――カウント残り六秒。

「うおおおおおおおおおおおおおおおッ！」

雄叫《おたけ》びと共に続けて〈デュアルネイル〉を発動する。

突き刺した状態で青から緑色に光《ひか》り輝《かがや》く刃《やいば》を横に振り抜き、高速回転からの二撃目で敵の頭を深く切り裂いた。

急所攻撃の判定で大きく削れるが、ＨＰの減少はゼロにまで至らない。

――カウント残り三秒。

『ゴアアアアアアアアアアアアアア！』

回復の態勢に入っていた敵は、クロとオレが攻撃するのを阻止する為に咆哮《ほうこう》して二秒間の『怯《ひる》み』を発生させた。

ぐぬう……ここで咆哮なんて、いやらしすぎる！

マズイ、このままでは最初から仕切り直しになる。

だからボスの回復遅延行為《ちえんこうい》は嫌《きら》いなんだ。久しぶりのクソゲー要素に、オレが悪態を吐きそうになった寸前。

「——ソラ様、身体を横に！」

遠くからの声掛《か》けに反応し、とっさに横ステップする。

真横ギリギリを駆《か》け抜けたのは、圧縮した風の矢だった。

戦闘《せんとう》が始まってから、ずっと他の寄ってくる雑魚敵を掃討《そうとう》していたアリア。彼女が放った一矢《いっし》は、これ以上ないタイミングでボスの胸に刺さった。

クリティカルヒットした一撃は、残っていたライフを消し飛ばす。

かなり苦戦させられた〈ゲート・フォレストベア〉は、光の粒子となって消えた。

戦闘が終了《しゅうりょう》して、オレのレベルは『42』から『45』に上がる。

「ハァハァ……ふう、危ないところだった」

周囲を〈感知〉スキルで調べる限り、この辺りに敵の反応はない。

ホッと一息ついたら、クロと共にアリアと合流した。

「みんな、お疲《つか》れ様《さま》」

「おつかれさまー」

「お疲れ様です。これでようやく最初の目的地に着きましたね」

「いやぁ……最後の一撃には助けられたよ……」

「ギリギリ間に合ってよかったです。あと少し湧いてくるモンスター達の処理が遅《おく》れていたら最後の狙撃《そげき》はできませんでした」

いやはや、本当に頼もしくなったなぁ。

アリアの成長に感動しながら、オレ達は少し歩いた先にある安全地帯まで進む。

休憩用に作られた場所は、三十人くらい入っても余裕《よゆう》のある広さだった。雑草は一本も生えておらず、しっかり手入れされている。

更《さら》に近場には全回復の温泉が設けられていた。

「もう暗いし、今日はここをキャンプ地としようか」

「では簡易テントを立てますね」

いつものようにアリアが、ストレージから簡易式のテントを出す。

準備を手伝い終えると、椅子《いす》に丁度良い丸太に腰《こし》を下ろした。

そこで話し合うのは明日の行動について。

「迷いの森を抜ける際には、必ず〈キング・トレント〉が立ちはだかります。それを突破《とっぱ》した先に神殿があります」

「それじゃ、指輪を回収して帰還するのは二日か三日後って感じかな？」

「はい、ですから今日はゆっくり休み、明日万全《ばんぜん》のコンディションで挑むのが良いでしょう」

「朝じゃないと謎解きもできないしな、それじゃ今日はここら辺でログアウトするよ」

「え、今から温泉に入らないんですか」

「……え、オレは良いよ。二人で入ったら？」

丁重《ていちょう》にお断りすると、二人は紺色《こんいろ》の衣服を手に見せてくる。

それは何処《どこ》からどう見ても、スクール水着だった。

「ソラ様にも入浴用の水着を用意しましたよ」

「アリアに聞いてたから、出発前に二人で選んだよ」

「お、おう……」

水着ならば一緒に入っても問題はないか。

後にネグリジェよりもインパクトのあるアリアのビキニ姿によって、オレの記憶《きおく》領域は「メロンすごい……」という文字が占《し》めるのであった。

⑤

リアルに帰還すると、まだ詩織《しおり》と師匠《ししょう》はアスオンから帰還していなかった。

これはまさか数時間も経《た》っているのに、まだボスと戦っているのか。

テレビを点《つ》けてみたら、そこには予想していた通り〈クイーン・オブ・フライ〉との決戦に挑む強者達の勇敢な姿があった。

タンク隊がヘイトを引きつけ、攻撃を懸命《けんめい》に大盾《おおたて》で防ぐ。

アタッカーの人達が攻撃を行い、敵の攻撃からタンク隊に守られる。

後衛の〈魔術師《まじゅつし》〉は魔法《まほう》で援護《えんご》し〈狩人《かりゅうど》〉は弓で支援《しえん》する。

わちゃわちゃしそうな前線を〈僧侶《そうりょ》〉のヒーラー隊は、正確に一番落とされそうなプレイヤー達から回復させていた。

数十名もの大部隊が数時間も戦い続けているのに、全く統率《とうそつ》が乱れずに一丸となって巨大な敵に立ち向かっている。

『シフト!』『シフト!』『シフト!』

彼等《かれら》の掛け声はそれだけ。

各々《おのおの》の役割を完全理解している者達は、短い掛け声だけで連係をこなしている。

完璧としか言いようのない攻守《こうしゅ》の切り替《か》え、絶え間ない攻撃は少しずつＨＰを削っていく。そして敵の二ゲージ目がなくなり残り一ゲージになった。
特殊技《とくしゆわざ》で離脱者《りだつしや》が多数出るが、それでも全員怯むことはない。
前に進む、ただひたすら攻《せ》め続ける。
味方がやられたら、その分の気持ちを背負って前に出る。
手にした武器を振《ふ》るい削る。
ボスのＨＰが更に加速度的に端《はし》から削れていく。
画面越しに熱が伝わってきて、思わず拳を強く握り締《し》めていた。
「これは……いけるのか？」
「みんな、がんばれ」
残り三割まで減少、更に毒の特殊技で離脱者が出る。
シンとロウが、シオと共に突撃《とつげき》して一割削る姿が映った。
残り二割、連続の大技《おおわざ》によって更に攻略《こうりやく》メンバーが散っていく。
そんなの避けれるわけないだろ！
嫌らしい技に憤《いきどお》りを覚えるほどに、脱落者《だつらくしや》が出てしまった。
実況《じつきよう》している人も、アレは情報にない技だと叫《さけ》び声を上げていた。
もう攻略メンバーは十人くらいしか残っていない。

三人も膝《ひざ》をつき軽いスタン状態になった。

みんな頑張っていたが、あの人数では厳しいか。

オレですら、そう思い諦《あきら》めかけると。

『──みんなよくやった、後は私に任せろ』

阿鼻叫喚《あびきようかん》の戦場の中、透《す》き通った声が耳に届く。

双剣を手に傷だらけの師匠が、残りHP半分以下にもかかわらず一人だけ前に立った。

しかもそれだけではない。彼女は見た事がない虹色《にじいろ》の輝きを放ち、天を舞う敵に切っ先を向けて死を告げる。


『エクストラスキル、解放──』


十秒後に解除された師匠の制限時間付きの切り札。

だがその力は余りにも強く、鮮明《せんめい》に見ていた者達の目に焼き付いた。

天空を虹の輝きが舞い、遂《つい》にはハエの巨体を地面に叩き落とす。

大地に降り立ち、虹色に輝く双剣から放つのは極大の二撃。

二つの閃《せん》を刻まれたボスは断末魔《だんまつま》の叫《さけ》びと共に、身体が光の粒子となって爆散《ばくさん》した。

『この戦い……我々の勝ちだ！』

「「「――――ッ」」」

戦場に降りたった双剣士は、剣を天に翳《かざ》し勝利の宣言をした。

液晶《えきしょう》画面越しに、地面が揺《ゆ》れると錯覚《さっかく》する程の歓声《かんせい》が沸《わ》き上がる。

彼女達《かのじょたち》を祝福する中には、妖精《ようせい》王オベロンの姿もあった。

この日以降、師匠はプレイヤー達から一つの名で呼ばれるようになった。

――〈虹の双剣士〉と。

⑥

師匠達が勝利したお祝いに、お寿司《すし》を出前で取った。

海外にいたクロは日本の寿司が初めてだったらしく。たまごやイクラなどの卵系に目を輝かせる姿に、すごく微笑《ほほえ》ましい気持ちになった。

腹は満たされて幸福、後はベッドでぐっすり眠《ねむ》るだけなのだが。

「いやー、あんなの見たら寝《ね》れないよ……」

ベッドで仰向けに倒れ、右に左にゴロゴロ転がる。

まだ師匠がボスを倒《たお》した時の熱い余韻《よいん》が抜《ぬ》けきっていない。

それほどまでに彼女が皆《みな》の前で見せた姿は、すごくてゲーマー魂《だましい》を刺激《しげき》された。

「本当にすごかったな」

天井《てんじょう》を見上げて、小さな声で呟《つぶや》く。

今回のイベントをクリアしたことで、師匠達は〈精霊《せいれい》の森〉に入ることが可能となった。

これで〈暴食の大災厄《だいさいやく》〉との決戦に向けて、また大きく一歩前進することができた。あの戦力が加われば、心強いなんてもんじゃない。

「アリアに封印《ふういん》の選択肢《せんたくし》を選ばせない。そのためにも指輪は絶対に入手しないと」

そんな事を口にしていたら、不意に部屋の扉が軽くノックされる。

「ソラ……入っても、良いかな」

「うん、入って良いよ」

「おじゃまします……」

許可を得て入ってきたのは、シロとトレントを引き連れたクロだった。

相変らず我《わ》が家《や》の猫様《ねこさま》は彼女にべったり。モンスターにも好かれる体質なのか、トレントもクロの後ろについて来ている。

不思議な光景を眺《なが》めながら、いつものクセで身体《からだ》を横に動かしてスペースを空ける。

彼女はベッドに上がり、そこに無言で寝転がった。

「えっと……今日は師匠と一緒に寝ないのか？」

「うん、今日はソラと寝たい気分……かも」

「一応理由は、聞いても良いかな」

「……」

気になって尋《たず》ねたら、今度は無言になってしまった。

もしかしたら、聞いたらダメだったのかも知れない。

ここは何も聞かず、受け入れてあげるのが良かったのか。

シーンと、無言の静寂《せいじゃく》が自室を支配する。

過去に交友のあった女友達から、何度も「蒼空《そら》はデリカシーがない！」とお叱《しか》りを受けたことが脳裏《のうり》によぎってしまう。

やっぱり今の質問はなかった事に、とキャンセルしようとしたら。

クロは腕《うで》に抱《だ》きつき、顔を間近まで寄せてきた。

「パパとママのこと思い出して……ナーバスになってるからじゃ、だめ？」

ああ、やっぱりそういう事だったのか。

以前と同じようにアリアと母親のやり取りで、両親の事を思い出したらしい。だから戦闘の時に集中力を欠いていたのだ。

「う、ううん。構わないよ、落ち着くまでここにいたら良いさ」

「……ありがとう」

お礼を言ったあとクロは、じっと真横からオレを見つめてくる。

しかし、なにかを言ってくる気配はない。

桜色の唇《くちびる》を半開きに、ただじっと観察しているだけ。

なにか言った方が良いのかな。でも両親に関してオレにできることなんて……。

こうなったら気持ちが落ち着くまで、そっとしておこう。

目をつぶり、オレは眠ろうと思ったのだが。

クロは一向に眠ろうとしない。一方でついてきたシロとトレントは床《ゆか》に常備している小さなベッドで、スヤスヤ眠っている音が聞こえる。

目を閉じているから、それらの外部情報がより詳細に入ってくる。

特に真横からずっと感じるクロの視線は、落ち着かなくてドキドキさせられた。

「……見られてると、寝れないんだけど」

「うん……」

「クロは寝なくて良いの？」

「うん……」

「オレの声、聞こえてる？」

「うん……」

チラッと見ると、心ここにあらずって顔をしていた。

こちらも見つめたら恥《は》ずかしくなって、顔を反らすか試《ため》してみるが。

「わたしと同じ、綺麗な碧《あお》い目だね」

「…………っ」

残念ながら自分の浅はかな目論見《もくろみ》は失敗する。

逆に耐《た》えられなくなって明後日《あさって》の方角に反らす結果となった。

これはとても深刻な状況《じょうきょう》だ。

今まで相手にしてきた女性は、大体が攻め攻めな感じだったので受け流すだけで対応できた。しかしクロは、こちらのガードをすり抜けてくる。

オレは胸中で溜息《ためいき》を吐《は》き、彼女と向き合った。

「なにかオレに言いたい事とかあるか」

「え、なにもないよ」

「嘘《うそ》つけ、聞いて欲《ほ》しいオーラ全開だぞ」

「そんなことは……」

「オレの部屋にくる時って大体弱ってるじゃん」

「弱ってる……たしかに弱ってるけど……」

クロは迷子になった子供のような顔をする。

言いたいけど、言って良いのか分からない。

そんなニュアンスを、オレはなんとなく感じとった。

「まぁ、別に言い辛《づら》いことだったら言わなくて良いよ。オレは兄弟子《あにでし》でパートナーだ。隠《かく》し事《ごと》があっても、クロとの関係は絶対に変わらないから」

「兄弟子で、パートナー」

小さく呟いた彼女は、考えるように目を閉じる。

一瞬《いっしゅん》だけ苦悩《くのう》に歪《ゆが》むが、それも徐々にほどけていく。

次に目を開くと、消えそうなくらい小さな声で。

「……わたし、ソラに聞いて欲しいことがあるかも」

「うん」

オレは頷《うなず》くだけ、けっして彼女を急《せ》かすような真似《まね》はしない。

慎重《しんちょう》になって、クロが選択《せんたく》し語ってくれるのを待ち続けた。

「ソラは……わたしのこと、ウソつきって言わない？」

「言わない、言うわけがない」

「本当に？　本当に本当に言わない？」

過去にあった不安を拭《ぬぐ》えずにいるらしい。

クロの発言からは、そんな不穏《ふおん》な過去を垣間見《かいまみ》ることができる。

一体なにがあったのか、あえて聞くことはしない。

故に安心させるための言葉を彼女に贈《おく》った。

「どんな内容でも、オレはクロの言葉を信じる」

「ウソついたら、針千本飲むんだよ」

「いくらでも約束してやるよ、絶対に破ることはないからな」

「破ったら、絶対に飲んでもらうからね」

「おう、良いぞ」

小指を出して二人で指切りをする。

約束をすることで一安心したクロは、上半身をゆっくり起こす。

それを見てオレも同じように、横になっていた身体を起こした。

肩《かた》を並べる形になると、彼女は深呼吸を一つして徐《おもむろ》に語りだした。

「ソラは、わたしの両親が不在なのは知ってるよね……」

「ああ、初めてクロと会った時に師匠から聞いた」

「もしも、もしもだよ。わたしが……」

トラウマに向き合い、クロは恐怖《きょうふ》に震《ふる》えている。

見ていられなくなって、そっと彼女の肩に手を置いてグッと引き寄せた。

すると震えは少しだが弱くなる。勇気を振り絞《しぼ》るように。

「……目の前でパパとママが、ゲームのプレイ中に消えるのを実際に見たって言ったら、ソラは信じてくれる？」

「クロの両親が、ゲームのプレイ中に消えた？」

告げられた言葉を理解するのに、流石《さすが》に少々時間を要した。

両親がゲームのプレイ中に消えた。この一か月内で超常的《ちょうじょうてき》な現象を見聞き、体験しなければ中々に信じ難《がた》い話だった。

しかし、今の現状からそんなバカげたことが起きるゲームが一つだけある。

というか現在進行形で、オレもその悪影響《あくえいきょう》を受けている。

おい、ウソだろ。ちょっと待てよ……。

まさか、まさかクロが言う、両親がプレイしていたゲームというのは。

最悪の展開に行きついて息が詰《つ》まる。

強張《こわば》った表情をするオレに彼女は苦しそうに頷く。

「うん、そうだよ。二人がプレイしていたのは――〈アストラル・オンライン〉のベータテスト」

「……アスオンの、ベータテスト」

廃人《はいじん》ゲーマーとして、新作ゲームのチェックをしていたオレは知っている。

アスオンが抽選《ちゅうせん》でベータテストを行っていた事を。

だが当時オンラインを避けていたオレは、完全にスルーして見向きもしなかった。

ただベータテスト終了後に、一つの都市伝説が広まっていたのは知っている。

たしかそれは――全国で行方《ゆくえ》不明者が多数出ていること。

これまたベタな都市伝説だなと苦笑《くしょう》していたが、あの時からアスオンはこの世界に影響《えいきょう》を及《およ》ぼしていたのだ。

「行方不明の都市伝説、ネットで流れていたアレは本当だったのか」

「わたし、そんな事が起きるなんて有り得ないって。両親はキミを置いていなくなったんじゃないかって周りの人に言われて……っ」

拳《こぶし》を握《にぎ》り締めて、震えながらクロは悔《くや》しい過去を呟く。

余りにも痛々しくて、これ以上は言わせてはいけないと思った。

過去を語る度に、その言葉の一つ一つが少女自身を傷つける刃となるのだから。

傷だらけの心を晒《さら》す姿に、オレは耐えられなくなり胸に抱き寄せる。

「クロ、もうムリして言わなくて良い」

「ソラ……」

「両親が消えた真相も、そしてキミがあのゲームをプレイする理由も全部わかった」

頭の中で構築されていたパズルのピースが全て繋がった。

やはり彼女が行く先々で、捜《さが》していたのは消えた両親だったのだ。

消えた際にプレイしていたのがアスオンならば、その中にいる可能性があると考えるのが普通《ふつう》だろう。

両親を捜している予想が、こんな最悪な形で当たってしまうなんて。

果たしてベータ版との繋がりがあるのか、もしかしたら既《すで》に残機がゼロになって死んでしまっているんじゃないかとか、色々と嫌な想像をしてしまうけど。

声を押し殺して涙《なみだ》を流す少女を前に、最悪の可能性は考えないでおく。

彼女に必要なのは暗闇《くらやみ》ではなく、未来を照らす希望の光だから。

「正直、なんて上手《うま》く言ったら良いのか分からない。だけどこれだけは約束するよ」

少し考えた末に、オレが言えるのは一つだけだった。

「オレも一緒《いっしょ》に両親を捜す。二人はプロゲーマーなんだろ、きっとあの世界のどこかで生きているはずだ」

「……ありがとう」

クロは脱力《だつりょく》して、オレに身を委ねる。

辛《つら》い過去を背負うには、余りにも彼女《かのじょ》は小さい。

こうやって抱き締めていると、庇護欲《ひごよく》が胸の内を占めていく。

もしかしてこれが母性というやつなのか。

不思議な感覚に困惑《こんわく》しながらも、ずっと抱き締めていたらクロは眠りについた。

「……やるべきことが増えたな」

どうせ魔王《まおう》を倒すまで止まれない旅。

今さら一つ目標が増えたところで問題はない。

オレは新たな覚悟《かくご》を一つ胸に、彼女をそっと横に寝かせた。

第三章◆風の神殿

「あ、ぐう……っ」

悪夢から目を覚ますと、そこは医務室に並ぶベッドの上だった。

「ハァハァ……くそ、またあの夢か……」

眠ると必ず見てしまう夢。

それは幼い頃《ころ》に、彼女の心に刻まれた呪《のろ》いである。

鮮明に思い出すのは自分を逃《に》がす両親、そして仲良くなった村人達が泣き叫びながら光の粒子となった地獄《じごく》のような光景。

「ははは、どれだけ歳《とし》をとっても忘れられないものだな……」

ストレージの中にある罪の証を眺めながら、アハズヤは大きく深呼吸をする。

そして医務室の窓を全開にして、ベッドから起き上がった。

アハズヤは気分転換《てんかん》するため、窓に寄り掛かり夜空を見上げる。

城から眺める星々も、野宿で見上げていた星々も輝きは同じだ。違うのは空気で、医務室特有の薬品臭《やくひんしゅう》に少々眉《まゆ》をひそめてしまう。

本来ならばこんな部屋は出て、もっと空気の美味《うま》いテラスとか庭園でゆっくり眺めたいものだが。

「ああ、でもここは平和だ」

封印から漏《も》れ出ている毒や、モンスターの襲撃《しゅうげき》に気を遣わなくていい。

そしてなによりも、敬愛しているシルフとアリアの国なのだから。

全てを失い、これからどうしたら良いのか途方《とほう》に暮れていた。

そんな自分を拾い、見捨てずに接してくれた恩人達。

不満なんて何一つとしてない。まさに理想ともいえる第二の故郷。

絶対に失わない。今度こそ守って見せる……。

その為《ため》なら、この身にどんな汚名《おめい》を背負っても良いと覚悟を決めたのだから。

残った方の手で拳を強く握る。熱い思いを胸に夜空を見上げるアハズヤは、ふと小さな声で愛《いと》しい妹に対する思いを吐露《とろ》した。

「ああ……アリア姫《ひめ》は、無事に〈古《いにしえ》の墓森《はかもり》〉に着くことができたでしょうか」

しばらくぼんやり眺めていると、誰《だれ》かが医務室の扉《とびら》を開けて入ってくる。

少し警戒《けいかい》して振り向くと、それは鎧《よろい》を脱《ぬ》いだ騎士団長《きしだんちょう》ガストだった。

罪悪感に思わずビクッと身体《からだ》が震えてしまう。

だが表には一切《いっさい》出さず、直《す》ぐに冷静を装《よそお》った。

彼女は両手にカップを持って、無警戒《むけいかい》でアハズヤに歩み寄る。

「団長……」

「夜風は身体に障《さわ》るぞ」

「すみません、ちょっと風に当たりたくなって……」

「なるほど、そういうことなら仕方ない。それなら、ちょうどここに温めたミルクを用意している。私一人では飲みきれそうにないから一緒にどうだ？」

「そういうことなら、いただきます」

どう考えても狙《ねら》って用意したようにしか思えない。

だけど断る理由はないので、アハズヤは素直《すなお》に受け取った。

一口だけ中身を含《ふく》み、甘《あま》い香りに満たされながらゆっくり飲《の》み込む。

温かくてまろやかな味わいは、少々冷えていた身体に至福をもたらしてくれる。

同じ窓に身を乗り出すように身体を預け、ガストはアハズヤを見据《みす》えた。

「本当に無事でよかった。まさか〈ティターニア国〉で敗戦した残党が、玉砕覚悟《ぎょくさいかくご》で封印の地に攻めてくるとは思わなかった」

「はい、闇《やみ》の信仰者《しんこうしゃ》の〈枢機卿《すうききよう》〉が冒険者《ぼうけんしゃ》にやられるなんて、流石に想定していなかったんでしょう。頭を失った彼等は途方に暮れ、そのまま逃げ帰ることをせず一《いち》か八《ばち》か、封印を破壊《はかい》せんと特攻《とっこう》を仕掛《しか》けてきました」

「まさか〈枢機卿〉を倒す者が出てくるとは、冒険者とは凄《すさ》まじいものだ」

闇の信仰者の〈枢機卿〉は〈大災厄〉とは別に太古より存在する強大な悪魔《あくま》だ。

魔王シャイターンから生み出され、倒した冒険者の天命を大きく削る能力を有していると伝承には記されている。

そんな〈枢機卿〉を倒した彼女の名は、今ではソラと同じくらいに知れ渡《わた》っている。

「映像で彼女の手によって〈クイーン・オブ・フライ〉が討伐《とうばつ》されるのを見ました。確かにあの強さは身震《みぶる》いする程《ほど》に凄まじかったです」

「オベロン王からの文によると、彼女達は〈暴食の大災厄〉討伐に参加してくれるらしい」

「それは心強い話ですね。彼女が率いていた冒険者達の練度は、両国の軍ですら凌《しの》ぐほどに高く鍛《きた》え上げられていましたから」

「冒険者の大部隊と〈ティターニア国〉の主戦力、それに我らの総力が加われば古の災厄を討《う》ち倒せるはずだ」

「なるほど、災厄を倒すのも夢物語ではなくなってきましたね」

「ああ、だからこれだけは言っておく」

「団長?」

ガストは肩を掴《つか》み、アハズヤを真っすぐに見つめる。

力強くも純粋《じゅんすい》な眼差《まなざ》し、それはどこか過《あやま》ちを咎《とが》めるような色を宿していた。

「オマエは超が付くほど真面目で優《やさ》しいヤツだ。片腕《かたうで》を失ったからといって、一人で悩《なや》みを抱《かか》えるような真似はしないでくれ」

剣《けん》の師匠であるガストは、アハズヤにとっては姉に等しい存在。

互《たが》いに気心の知れた仲であり、唯一無二《ゆいいつむに》の友でもある。そんな彼女の伴侶《はんりょ》に傷を負わせてしまった罪悪感に胸がすごく痛む。

「はい、わかりました。なにかあったら必ず助けを求めます……」

そんな彼女にウソを吐くことで、アハズヤは身が裂けるような痛みを感じた。

①

朝日を浴びて目が覚める。

どうやらクロの寝顔《ねがお》を眺めながら寝落《ねお》ちをしたみたいだ。

周囲を見回すと、一緒に寝ていたクロの姿はなかった。

適当にパーカーを羽織った格好で一階に下りる。そこには前日と同じく室内に生えている〈精霊の木〉があった。

ただ今回は生えたままではなく、我が家に住んでいるトレントがお掃除《そうじ》していた。木に触《ふ》れては光の粒子《りゅうし》に変換《へんかん》して体内に吸収していく。

夏休みに入る前は、クソゲーに頭を悩ませていたのが遠い過去のように思える。

こんな非日常的な光景が、当たり前になるなんて誰が予想できるか。

トレントの掃除は半分くらい終了している。リビングにはもう〈精霊の木〉は殆《ほとん》ど残っていなかった。

一仕事終えたトレントに、クロがコップに入れた水を差し出す。

「ふふふ、美味《おい》しい？」

蔓《つる》を出して水を飲み干したトレントは、よろこんで飛び跳《は》ねる。

微笑ましい光景を眺めていたら、彼女がこちらに気付いた。

「あ、おはよー」

「おはよう、良く寝られたか？」

「うん、気持ちよく寝られたよ」

「それは良かった」

「……ソラ、ありがとう」

クロは曇《くも》り一つない、花のような笑顔《えがお》でお礼を述べる。

この様子なら、今日の神殿攻略《しんでんこうりゃく》は大丈夫《だいじょうぶ》だろう。

頷いてキッチンに視線を向けると、詩織《しおり》と師匠が朝食の準備をしていた。

香《こう》ばしい香り漂《ただよ》うテーブルの上に並べられたのは、みそ汁《しる》と焼き魚と炊《た》いた白米のオーソドックスな和食だった。

ご飯が完成したら、詩織の呼びかけに応じて四人揃《そろ》い席に着く。

オレの隣《となり》に座《すわ》ったクロは、周りを見て楽しそうに言った。

「なんだか四姉妹《しまい》みたいだね」

「そうね、お兄ちゃんも銀髪《ぎんぱつ》美少女だから四姉妹ね」

「一応、オレは男なんだけどなぁ……」

でも確かにこの光景は、どう考えても血のつながっていない四姉妹が仲良く卓《たく》を囲んでいるようにしか見えない。

師匠は大人の余裕の笑《え》みで、このやり取りに対し高みの見物をしている。

「姉妹って良いね、わたしは姉も妹もいなかったからすごく新鮮《しんせん》な響《ひび》き」

「……もう、そんな顔されたら甘やかしたくなっちゃうじゃない」

「食後のデザートはどうだ、オレの秘蔵のチョコアイスをやるぞ」

「急に妹を甘やかす流れになったな」

急に一致団結《いっちだんけつ》してクロを甘やかすオレと詩織を見て、はたから眺めていた師匠が心底可笑《おか》しそうに笑った。

「いや、だってこんな顔されたら幸せにしたくなるだろ」

「ふふん、お兄ちゃんはアイスだけど、私は必殺のショートケーキを出すわ」

「ぐは、ケーキには流石に勝てない……っ！」

圧倒的《あっとうてき》デザートの破壊力《はかいりょく》に敗北したオレは、その場に片膝《かたひざ》をついた。

勝者である詩織は愉悦《ゆえつ》の笑みで見下してくる。

悔しいが、クロが幸せならば敗北を甘んじて受け入れよう。

「わ、わたしはどっちも好きだよ」

「クロ……」

敗者にフォローをしてくれるとは、気遣《きづか》いの天使か？

そんな朝っぱらからコメディー劇をしていると。

「仲良いのは結構だが、せっかく作った朝食が冷めてしまう。黎乃《くろの》と遊ぶならご飯を食べてからにしろ」

「「あ、はい……」」

師匠に注意されてしまったオレと詩織は、速《すみ》やかに朝食に意識を戻《もど》した。

②

やる気は満タン、装備も完璧《かんぺき》！

ゲームにログインしたオレとクロは、誰もいないテントの中から出る。

来た時は暗くて分からなかったけど、朝の安全エリアはリアルにあるキャンプ場みたいな作りをしていた。

恐《おそ》らくはクランの上限である三十人パーティーが、各々テントを設置できるくらい。

真ん中に生えているのは、〈精霊の木〉の親みたいな大樹だ。

「あれ、アリアの姿がないぞ？」

「本当だ、どこにいったんだろう」

まさか先に一人で神殿に行くなんて事は有り得ないだろう。

その疑問に〈感知〉スキルで索敵《さくてき》を頼《たの》んでいるルシフェルが直ぐに答えてくれた。

『温泉に行っているみたいです。人間で言うと朝風呂《あさぶろ》というやつでしょうか』

「反応はアリアだけ?」

『はい、反応は彼女だけです』

「装備はしてる?」

『いえ、先日の水着を装備しているだけのようです』

「なるほど、それなら待つかな」

　水着だから見に行っても大丈夫だけど、このパターンでオレが行くのはあまり良い結果になった試しはない。

　ラッキースケベ体質のオレだ。どうせすべって彼女を押《お》し倒したりして、クロから痛烈《つうれつ》な肘《ひじ》打ちを貰《もら》う未来が容易に想像できる。

「それじゃ、わたしが見に行こうか?」

「うん、お願いするよ」

　安全エリアとはいえ、なにがあるかは分からない。

　快く引き受けてくれたクロは、軽《かろ》やかな身のこなしで温泉に向かった。

　その間にオレは、今まで保留していたジョブポイントをスキルに振る事にした。

「今たまっているのは『40』ポイント、スキル状況は……」

【ジョブスキル】
・〈エンチャント・ファイア〉　・〈エンチャント・アクア〉
・〈エンチャント・アース〉　・〈エンチャント・ハイウィンド〉
・〈エンチャント・サンダー〉　・〈エンチャント・ダーク〉
・〈エンチャント・ライト〉　・〈エンチャント・ハイストレングス〉
・〈エンチャント・ハイプロテクト〉・〈エンチャント・ハイアクセラレータ〉
・〈エンチャント・ハイシュプルング〉・〈エンチャント・ハイゲズントハイト〉

スキル画面を眺めながら、これから向かう場所について考える。

今回の難所は確実に、森のボス〈キング・トレント〉だ。

それに対し有利に戦うのなら、この中で火属性の強化は必須《ひっす》と言える。

というわけで『20』ポイントを消費して〈エンチャント・ハイファイア〉に強化。ポイントの残りは『20』しかないので保留だ。

あと二つレベルを上げたら、スキルを一つだけ上位にしてみよう。

「ラスボスの事を考えるならバアルの弱点属性の風か、安定なのはストレングスかプロテクトのどちらかだな」

うーむ、非常に悩むラインナップ。できる事なら全部カンストさせたい。

どこかでジョブポイントを獲得《かくとく》するクエストはないのか。スキルリストを眺めているオレに、ルシフェルが頭の中でこう言った。

『堅実《けんじつ》な予定リストですね』

「そりゃ、堅実に勝るものはないだろ」

『確かに〈ユグドラシル王国〉のことわざにも、こんな言葉があります。——危ない橋は覚悟をもって渡れと』

「……それは堅実って言えるのか？」

『最初から覚悟をもって挑《いど》めば、なにが起きても慌《あわ》てず対処ができます。そうたとえ橋が壊《こわ》れて落下しても、敵の奇襲《きしゅう》を受けたとしても』

言っている事は正しい感じに聞こえる。

だけど冷静に内容を考えると、それは後先考えなしの脳筋思考では？

青い空を見上げて呟く。するとクロとアリアの反応が温泉から戻ってくるのを察知した。

お空ウォッチを中断したオレは、二人を出迎《でむか》えた。

「お待たせしました」

「うん、気合十分って感じだな」

「はい、不安で一杯《いっぱい》でしたが汗《あせ》と一緒に流してきました」

お湯に浸《つ》かった事で、ストレス解消できたらしい。

アリアは、実にすっきりした顔をしている。

現実でも朝風呂には心身をリラックスさせる効果がある。それはゲーム内でも忠実に再現されているのかも知れない。

「では墓に手を合わせてから行きましょう」

「墓？」

「このエリアを少し歩いた先にあります」

先を歩くアリアについて、安全エリア内を進む。

数分くらい掛《か》けて到着《とうちゃく》した場所には、巨大《きょだい》な結晶《けっしょう》が一つだけ刺《さ》さっていた。

封印の地にあった結晶に似ているが、これには何の力も感じられない。

文字通りただの墓として設置された結晶なんだろう。なにか文字が刻まれていることに気付きフォーカスしてみる。

『古代文字で、勇敢《ゆうかん》なる者達《たち》ここに眠ると書かれています』

「アリア、これがこの前言っていた墓？」

「はい、そうです」

答えた彼女は一歩前に踏《ふ》み出す、そして両手を合わせた。

オレとクロも横に並んで、アリアの真似をして両手を合わせる。

そのまま棒立ちすること数秒間、ルシフェルから一つの報告がきた。

『呪いに対して耐性《たいせい》が付与《ふよ》されました。この効果は森を抜けるまで永続です』

すごく意味深なバフ、呪いというワードから推測するなら。

アリアは手を合わせるのを止めて弓を手にした。

「ここから先は朝でもゴーストが出る危険エリアです。気を引き締《し》めて行きましょう」

「朝でもゴースト……っ⁉」

オバケ大《だい》っ嫌《きら》いなクロが、オーバーなリアクションで後ろに下がった。

でもここまで来て引き返すことはできない。

「はいはい、怖《こわ》がらずに行くぞ」

「やっぱりわたし、ここにのこ……」

「ダメに決まってるだろ」

怯《おび》えるクロの手を掴んで、オレは先を進むアリアの背中を追いかける。

こうして〈古の墓森〉の攻略《こうりゃく》が始まった。

③

同じ景色がずっと続いている。

いや、森の中だから景色に木しかないのは当たり前なのだが。それにしても、ずっと同じ場所をグルグル回っている気がする。

あ、さっきも似たような木を見たぞ。やっぱり同じ道を通っているみたいだ。

自信満々に先を進んでいたアリアも何度目かの三叉路《さんさろ》を前に、ようやくおかしい事に気が付いたのか、こちらを振《ふ》り返った。

「えっと……すみません、勢いそのままに来たんですけど道が分からないです」

「そうだと思ったよ！」

「やだー、早くここから出たい！」

ゴーストに怯えているクロが、珍《めずら》しく露骨《ろこつ》に嫌《いや》がっている。

今のところ奇跡的《きせきてき》に遭遇《そうぐう》していないが、もしもエンカウントが連発して消耗《しょうもう》するような事になったら目も当てられない。

「ここで選手交代だ。オレが先頭を歩くからクロのサポートを頼む」

「はい、わかりました」

アリアとポジションを代わり、正面にある左右の道を見る。

思い出すのは以前、シルフが教えてくれたヒント。

――闇の中では導きの光は現れぬ。

――光の世界にて正しき影《かげ》の道を進め、さすれば神殿の道開かれん。

こんなヒント、深く考える必要すらない。

もはや答えそのもの、つまり朝に太陽が照らす影に注目したら良いんだ。

太陽の光は、今後方から降り注いでいる。

「ということは、影ができるのは太陽が照らす方角ってこと」

「でもそれだと、わたし達が進む道の全てが正しい方角になるんですが」

「それは罠《わな》だ。ずっと見ていたんだけど、この時点でオレ達の影は固定されている」

言われて二人も気付いたらしい。

自分が太陽の方を向いても、影が背中側を向くことはなかった。

「太陽が出現する方角はランダム、東西南北のいずれかに出現する。そこで見ないといけないのが、道の脇《わき》に設置されている三本の木だ」

「『三本の木？』」

三叉路には入り口付近に、必ず三本の木が設置されている。

その木の影は注目してみると、光に逆らった方角に生成されていた。

「これを指標に正解の道を探すんだよ。もちろん太陽の位置は変わるから、常に気を付けないといけないけど」

「そんな仕組みだったんですね」

「ということは、正面に来たら逆走しないといけないの？」

「うん、だから二人ともしっかりオレについて来て」

太陽の位置に注意を払《はら》いながら、右に左に進んでいく。

途中《とちゅう》何度か逆走しては、進むこと数分後。

ついに三叉路が無くなり一本道となった。

後ろで二人がほっと息を吐くと。

『マスター、敵影《てきえい》です』

ルシフェルの警告が頭の中に響き渡り、同時に正面に三つの黒い影が出現した。

それは騎士《きし》の姿を模《かたど》り、透《す》き通ったゴーストとして顕現《けんげん》する。

スキルで見抜《みぬ》いた敵の名前は〈ゴーストナイト〉。

外見は騎士だが、頭部に兜《かぶと》はなく骸骨《がいこつ》が剥《む》き出しだ。

レベルは『48』と高く、属性以外の攻撃《こうげき》を全て無効化する特性を持つ。

弱点となるのは、闇属性にはド定番の光だ。

背後でクロが「あわわわ」と面白《おもしろ》いことになっているが、残念ながらからかっている場合ではない。戦闘《せんとう》態勢に入ったオレは付与スキルを発動する。

「攻撃と敏捷《びんしょう》と光属性を付与するぞ！」

三体のゴーストは、半透明《はんとうめい》な剣を手に向かってきた。

「オレが前に出る！　アリアは援護《えんご》を、クロはアリアを守ってくれ！」

先手必勝、四連撃《よんれんげき》〈クアッド・ランバス〉を発動。

金色のスキルエフェクトを纏《まと》いながら地面を蹴《け》る。

神速の四閃《しせん》を放ち、二体をすれ違《ちが》いざまに切り裂《さ》く。唯一《ゆいいつ》オレの斬撃《ざんげき》を避《さ》けた一体は、真っすぐにアリアを狙いに行った。

「撃《う》ち抜《ぬ》きます！」

弓を構えたアリアの〈バースト・アロー〉が敵のＨＰを五割削《けず》る。だが残り一割の状態で突進《とっしん》スキルを発動し一気に距離《きょり》を詰めてくる。

アレでは二射目は間に合わない。

振り上げられる半透明な剣。

唯一対処できる位置にいるのはクロしかいなかった。

「うう……」

半透明な骸骨に睨《にら》まれ、彼女は額にびっしり汗を浮《う》かべた。

それでも対処できるのが自分しかないと判断し、アリアを守るため柄《つか》に手を置く。

迫《せま》る脅威《きょうい》を前にしてクロは鋭《するど》く息を吸い。

「しゅ、――〈瞬断《シュンダン》〉ッ！」

敵を直視しないよう半目で居合切りを放った。

狙い外さず胴体《どうたい》が真っ二つになった敵は光の粒子となり散った。

『敵影はゼロです。追加の敵反応もありません』

「オーケー」

ルシフェルから報告を貰い、警戒を解いたオレは二人と合流した。

「まさか、道を抜けたらいきなり来るなんてな」

「じゅ、寿命《じゅみょう》が縮まるかと思った……」

「クロ様。守ってくださり、ありがとうございます」

「う、うん……ちょっと危なかったけど……」

アリアのお礼に、クロは顔を真っ青になりながらも頷《うなず》く。

あの程度のゴーストにビビるとは、これは筋金入りだと思った。

「今からそんな調子で大丈夫か？　あんなの、ただ少し透明になったモンスターじゃん」

「でも頭が骸骨だったよ……」

「骸骨型のモンスターなんて、ただの骨が動いているだけだぞ。ドラゴンに比べるとでかくないしパワーもないし脆《もろ》いし脅威にはならないよ」

「でも、ゴーストの方が怖いの！」

プイッと、クロはそっぽを向いてしまう。

もしもこの先で、もっと恐ろしいゴーストが出てきたらどうするんだろう。

不安に思いながらも、オレはパーティーの先頭になって次に進むことにした。

④

広いエリアで進路上に立ち塞《ふさ》がる大樹〈キング・トレント〉。
神殿に向かう冒険者を阻《はば》むボスモンスターだ。
HPゲージは一本で、地面から飛びだす根っ子の槍《やり》〈ウッドランス〉と蔓による広範囲《こうはんい》
薙《な》ぎ払《はら》い攻撃〈シラス・スラッシュ〉が中々に凶悪《きょうあく》な攻撃。

普通に相手をするなら、タンク二枚とヒーラーが欲《ほ》しくなる相手。

このアタッカー二枚と後方サポーター一枚しかいないパーティーでは、厳しい戦いを強《し》いられる強敵のはずだったのだが……。

「いや、これは可哀《かわい》そうに思えてくるな」

特記事項《じこう》にあったアリアの攻撃がヤツに対し特効となる事。

更《さら》に弱点となる火属性を彼女に付与する事で、なにやら仕様なのか分からんレベルの威《い》力《りょく》が発揮されることが判明する。

これによって敵の攻撃タイミングをオレが教え、アリアが矢を放ちキャンセルする無限コンボが完成した。

「アリア、今だ！」

「はい！」

全身を震わせ〈キング・トレント〉は一発大逆転する為の大技《おおわざ》〈グランド・シェイク〉を発動しようとする。

だがそこにアリアの放った炎《ほのお》の矢が、技の発動前に炸裂《さくれつ》した。

ズドーンと、炎の矢というより爆裂《ばくれつ》の矢といった方が正しい気がするダメージが発生し、行動を中断させられたボスは動きが停止する。

「クロ、行くぞ！」

「りょーかい！」

ボスは不味《まず》いと思ったのか、木の根っこを地面から出して進路を妨害《ぼうがい》する。

だがその全ては、並走《へいそう》するクロの〈瞬断〉が断《た》ち切った。

一気に距離を詰めたオレは青い炎を刃《やいば》に纏い跳《と》んだ。

「うおおおおおおおおおおおおお！」

数多《あまた》のスキルの中から選択《せんたく》したのは〈ストライク・ソード〉。

横に構えた火属性を付与した鮮烈《せんれつ》な一撃《いちげき》は、蔓で叩《たた》き落とそうとする〈キング・トレント〉の眉間《みけん》に半ばまで突《つ》き刺さった。

「これで終わりだ〈レイジ・スラッシュ〉！」

剣を刺したまま青い炎は白銀に変色する。

そのまま横に振り抜いた刃は、敵に白銀の斬撃を刻《きざ》み込《こ》んだ。

残っていた一割のＨＰはゼロになる。

光の粒子となって爆散《ばくさん》したボスは、オレ達に大量の経験値をくれた。

「すごい、レベル50になった！」

「わたしも49になったよ」

「一方的にリンチできる上に経験値も美味しいなんて。もっとレベル上げしたいから、また復活してくれないかな……」

『マスター、残念ながらアレは一回限りのボスです。エリアボスのように復活することはありません』

なんていうか、美味しい命って儚《はかな》いな……。

ルシフェルから告げられた無慈悲《むじひ》な現実。

悲しみに暮れるオレが柄にもなく詩人っぽい感想を抱《いだ》いていると、今まで通路を塞いでいた濃密《のうみつ》な霧《きり》が消失した。

『ボスの討伐により神殿を封鎖《ふうさ》していた霧が解除されました』

やはり霧の発生源は〈キング・トレント〉だったのか。

強敵を倒《たお》すことで道が開かれるのは、RPGゲームではド定番の流れである。

「あの道を抜けた先に〈風の神殿〉があるはずです」

どこか緊張《きんちょう》した様子のアリアが道の先を行く。

先導する彼女の後ろを、オレとクロは付いていった。

分岐《ぶんき》のない一本道をしばらく歩くと、道の先に今まで見たことがない建物が見えてくる。

「アレが〈風の神殿〉……」

「はい、アレこそが〈翡翠の指輪〉を封印《ふういん》している神殿です」

外見はヨーロッパにあるオシャレな塔《とう》って感じだ。

周囲は安全エリアになっている上に邪悪《じゃあく》なる者——たとえば〈ダーク・レフュジー〉とか闇の者を弾《はじ》く結界まで構築されていた。

「ここでの戦闘はなさそうだな」

「え、そうなの？」

「ああ、なんか安全エリアになってる上に、邪《よこしま》なのが入れないように結界も張ってある」

「それじゃ、少し肩《かた》の力を抜いて探索《たんさく》できますね」

「レアなアイテムがないか、中をじっくり探索できるな」

こういう神殿には、必ずなにかしら宝箱が設置されているもの。

期待に胸を膨《ふく》らませていると、オレを見てアリアとクロが苦笑いしていた。

「うん？　二人ともどうした？」

「……レアアイテム欲しがるソラの欲望が、結界に邪悪判定されないか少し不安に思っちゃった」

「すみません。わたくしも、ソラ様が結界に弾かれたらどうしようと思ってしまいました」

「おい、流石《さすが》に結界もそんな幅広《はばひろ》いところまでカバーしてるわけないだろ……たぶん」

二人に指摘《してき》されて急に不安になってくる。

ゲームによっては、プレイヤーの言動でルートが変わったりする。

その中には一回の犯罪行為《こうい》でギルドの中に入れなくなって、善行で許しを得ないと闇ギルドしか利用できないゲームもあった。

いやでも流石に些細《ささい》な物欲ごときで、そんな結界に入れないなんてことは……。

球状の結界に接触《せっしょく》するまで残り数メートル。

アリアはセーフ、クロもセーフ。

そして恐る恐る、最後に結界に触れたオレは。

「だ、大丈夫っぽいな」

無事に結界を抜けて中に入ることができた。

「……ふう、二人が怖いこと言うからメチャクチャ緊張しただろ」

「ごめんね、だってソラだったらワンチャンあると思うよね」

「ソラ様は時々怖いこと言いますからね。先程《さきほど》の〈キング・トレント〉を倒したあとも、復活を求めていましたし」

「あのボスは楽な上に経験値効率が良すぎたから……」

指輪を回収した後に復活していないかな。

そんな淡《あわ》い期待を抱きながら、オレは神殿《しんでん》に向かおうとして。

「うん？」

「ソラ、急に足を止めてどうしたの」

後ろを振り返ったオレの行動を、クロが疑問に思い声を掛ける。

「いや、なんか誰かの気配を感じたような」

「え、ちょっと怖いからそういうの止めてよ……」

「わたくしも、なにも感じませんでしたが……」

『〈感知〉範囲内《はんいない》にマスター達以外の反応はありません。気のせいだったのでは？』

ルシフェルの報告に眉をひそめる。

二十メートル以内を索敵できるスキルに反応がない。

つまり今のが勘違《かんちが》いでないとしたら、気配の主はそれ以上の距離からオレ達を見ていたことを意味する。

「ごめん、多分気のせいかな」

一応自分の中の警戒レベルを引き上げる事にした。

⑤

神殿の大きな扉《とびら》は、かたく閉ざされている。

その扉には風の天使ラファエルのレリーフが彫《ほ》られており、天使の周囲には四つの鍵《かぎ》の形状をしたくぼみを発見した。

低い位置は背伸《せの》びをしたら届くが、高い位置はどう考えても肩車《かたぐるま》が要《い》る。

話し合いの結果、オレが下になってアリアを肩車する事になった。

「お、落とさないでくださいね」

「変なところ触《さわ》ったらダメだからね」

「クロの要求難易度が高すぎる！」

左右から顔をサンドイッチする白く細い太腿《ふともも》。

それに触れないよう、オレはアリアのふくらはぎを掴んだ。

バランスが危《あや》うくて何度もふらふらしてしまうけど、クソゲーで鍛え上げたオレの体幹バランスは簡単には崩《くず》れない。

数十秒間耐《た》えた末に、彼女《かのじょ》が手にした鍵をハメ込む。

すると扉の鍵がガチャリと開いた。

アリアを地面に下ろし、オレは一安心した。

「ふー、一発で済んでよかった」

「今思ったんだけど、跳躍《ちょうやく》強化で跳んだ方が早かったんじゃないかな？」

「……………クロ、それは聞かなかったことにするよ」

オレとしたことが、完全に〈シュプルング〉のことを頭の中から失念していた。

初めから気付いていれば、こんな心拍数《しんぱくすう》が上がる事はしなかったのに。

「まぁ、気を取り直して中に入ろうか」

巨大な木製の扉を開けて内部に足を踏み入れる。

神殿内は広い空間で、上のフロアにあがる螺旋状《らせんじょう》の階段が確認《かくにん》できる。

窓ガラスから光が差し込んでいるが、全体的に暗くて気を付けないと転倒《てんとう》しそうだ。

実に心もとない明かり、そして古い建物の雰囲気《ふんいき》は不気味だ。

ホラーが苦手なクロが、少し怯えて腕《うで》に抱きついてきた。

とりあえずルシフェルに頼んで〈感知〉スキルで拾った情報を確認しながら、宝箱がないか探索を開始する。

――しかし、数十分くらい探索したが宝箱から出てきたのは紙切れだけだった。

「うーむ、イマイチ盛り上がらないなぁ……」

「見つかるのは古い文献《ぶんけん》とかですね」

「タイトルはないけど、大災厄《だいさいやく》との戦いについて記載《きさい》されているな」

レアなアイテムではないのは悲しいけど、こういうのはボス戦に役立つ情報が載《の》っていたりするので軽視することはできない。

階段を上がりながら目を通してみる。

「内容は古の戦いだな。当時は〈暴食の大災厄〉が持つ固有能力〈暴毒《ぼうどく》〉によって多数の戦死者が出たことが載ってる」

精霊《せいれい》と妖精《ようせい》の軍は状態異常を回復しても再度付与《ふよ》されてアイテムが枯渇《こかつ》、更に〈僧侶《そうりょ》〉達による回復も底をついて崩れを起こした。

しかし状態異常を無効化する〈天使〉だけでは大災厄を討伐《とうばつ》するには戦力不足。そこで考えられたのは封印し、ヤツを大地の力で弱体化させること。

精霊王と妖精王は封印の管理を行い、それが弱まる前兆が訪《おとず》れた時には巫女《みこ》の力によって再封印を行う。

このサイクルをくり返し行うことで、大災厄の固有能力は完全に無効化される。

それが両国の王が考案した災厄の浄化《じょうか》計画。

「一人の命を捧《ささ》げ続ける事で将来的には倒せるようになるよって話だけど、弱点に関しては全く記載されていないな……」

「封印の結晶に関する文献もありますが、これは結晶の作製方法と封印の仕方についてしか載っていませんね」

「アリアが持ってるページに番号が振ってあるけど、なんか飛んでない？」

「あれ、本当だ」

クロに指摘されて、オレも気付いた。

アリアが手にしている紙は『一』と『三』の刻印がされている。

ならば『二』があるはずだが、オレ達が手にしている中には無かった。

「全部回収して来たんだけどな……」

各フロアは作った奴《やつ》が絶対に見つけろと言わんばかりに、ド真ん中にテーブルとその上に小さな宝箱が一つだけあった。

隠《かく》しアイテムを求めてオレがフロア中を〈洞察《どうさつ》〉スキルで隈《くま》なく探したので、流石に見落としはないと思う。

「途中の宝箱に何も入ってなかったのがソレ？」

「その可能性は大かも」

こういう展開は大抵《たいてい》、重要な内容がそこに記されている。

一体どこにあるのか気になるけど、現状では探す手掛《てが》かりはなかった。

「……おや、ついに最後みたいだな」

階段を上がりきった先には結界があった。

巫女の祈《いの》りでしか解除することはできず、触《ふ》れる全ての者を拒絶《きょぜつ》する天使の守り。

アリアはオレとクロに向き直り、深々と頭を下げた。

「ありがとうございます。この先にある〈翡翠《ひすい》の指輪〉を回収したら、いよいよ〈暴食の大災厄〉との決戦です」

「長いようで短い旅だったな」

「アリアのドジの回数も後半は減ってたね」

「もう、せっかくビシッと決めてるのにクロ様は意地悪です」

からかわれて、アリアは軽く頬《ほお》を膨らませる。

「でも本当にアリアは成長したよ。〈キング・トレント〉なんてアリアがいなかったらあそこまで一方的な攻略はできなかったし」

「もう、褒《ほ》めてもレアアイテムは出てきませんよ」

「それは残念だなぁ……」

「ふふふ、では話はここまでにしましょうか」

「ああ、そうだな。アリア、よろしく頼むよ」

真剣《しんけん》な眼差《まなざ》しで、彼女は結界と向き合う。

その後ろ姿は凛々《りり》しく、まさに困難に立ち向かうヒロインって感じ。

やっと、ここまで来たんだな。

まだ一ヶ月も経《た》っていないけど、それ以上の時間が掛かったような気がする。

アリアと出会ってから、沢山《たくさん》の冒険《ぼうけん》をして此処《ここ》に至った。

——妖精国に向かう途中〈精霊の森〉で発生したユニーククエスト。

——お姫様《ひめさま》を守りながら一人で戦うことが不安で、どうしてもフォローしてくれる仲間が一人欲しくて、親友二人に声を掛けたら手遅《ておく》れだったこと。

——そこで知り合ったばかりのクロを呼んだのは、最初は本当にただの頭数が欲しいという理由だけだった。

ハッキリ言って、深い理由なんて何もなかったんだ。

彼女がダメなら親友二人かシオに頼んで、森に入れる初心者の服を入手して貰うつもりだった。

でも今は違う。この世界で一緒に冒険をしたのが彼女で良かった。

心の底から、そう思えるんだ。

オレはクロの手を握《にぎ》ると、小さな声で感謝した。

「ありがとう、クロ」

「……うん」

クロは小さく頷き、手を強く握り返す。

「では結界を解きます、少しだけ離《はな》れて下さい」

自分に与《あた》えられた役目を果たすため、巫女である彼女は結界に両手をかざした。

そこから淡い緑色の光が発せられ、結界に介入《かいにゅう》するように徐々《じょじょ》に染めていく。

特別な呪文《じゅもん》はいらないらしい。そのまま光は全体に広がっていき、全てが緑に染まった後に結界は粒子《りゅうし》となって散った。

「ではまいりましょう」

オレ達は頷いて先導するアリアの後ろについていく。

最後のフロアは真っ暗で何も見えなかった。

もしかして魔《ま》法灯《ほうとう》が要るのかなと思っていると。

結界があったラインを越《こ》えたら、周囲が急に明るく照らされた。

見回すと天井《てんじょう》に光る石が、点々と張り付いているのが確認できる。それがフロア全体を照らす程《ほど》の光を放っているようだった。

『大地から供給される魔力《まりょく》を光源にしているようです』

つまり電気代の要らない無限電灯みたいなものか。

ルシフェルの解説を聞きながら進み、オレは部屋の様相に注目する。

指輪を封印している場所だというのに、これといって特別な物はなにもない。古代アイテムの一つくらいあって欲しかったが、此処にあるのは中央の台座だけだ。

オレ達はフロアの中心で足を止める。

目の前にあるのは装飾《そうしょく》が施《ほどこ》された台座、その上に祀《まつ》られているのは翡翠色に輝《かがや》き神秘的なオーラを纏う指輪だった。

〈洞察〉スキルによって、オレの前にアイテムのステータスが表示される。


【翡翠の指輪】

【効果】：風の大天使の力を宿すユニークアイテム。指輪に選ばれしプレイヤーが装備することでユニークスキル〈ラファエル〉を獲得する。
【注意】：ユニークスキル〈ルシフェル〉〈ミカエル〉〈ウリエル〉〈ガブリエル〉を取得

している冒険者《ぼうけんしゃ》は装備不可。一度装備したら着脱《ちゃくだつ》不可となる。

「これが天使の力を宿す〈翡翠の指輪〉か」

「パッと見た感じは、普通《ふつう》の指輪っぽいね」

「でも秘《ひ》める力は凄《すご》いです。二回ほどソラ様の天使化を見ましたが、これもそれに負けず劣《おと》らずの力を感じますよ」

確かに言われてみると、指輪はオレの天使化に近い力を感じる。

多分だが、これを付けると天使化できるのだろう。

天使化というと、オレは魔王《まおう》の呪《のろ》いで性転換《せいてんかん》させられた嫌な記憶《きおく》を思い出す。

しかし指輪からはそんな邪悪な気配は感じない。むしろ神秘的な光は優《やさ》しく、とても穏《おだ》やかな気持ちになる。

悪い方向に転ばないと思うけど、実際のところ使ってみないと分からない。

指輪を手に取ったアリアは、それをオレに差し出した。

「ソラ様、天使の指輪は冒険者でなければ使えません。これは今までのお礼として、そして大災厄と戦う仲間として受け取ってください」

「すごくありがたい話なんだけど、オレは既《すで》に同じ天使〈ルシフェル〉のスキルを持ってるから使えないんだ。だから、この指輪は……」

チラッとクロの方を見る。

オレとアリアの視線を向けられた彼女は「え？　わたし？」と言わんばかりに右の人差し指を自身に差した。

「わたしが貰《もら》って良いの？」

「ああ、ただ強いて言うなら〈ラファエル〉が付与された後、もしかしたらオレの性転換みたいな副作用があるかもしれないんだけど……って⁉」

リスクの話をしたのだが、クロはアリアから指輪を受け取った。

一切《いっさい》ためらわず、左の親指にリングを装備した彼女は淡い緑色の輝きに包まれる。

光が消えた後には、これといって容姿に変化のないクロの姿があった。

オレの〈洞察〉スキルでは、デバフが付与された様子は見当たらないが……。

「……クロ、性別が変わったりとか、なにか身体《からだ》に異常はあるか」

「ううん、大丈夫《だいじょうぶ》だよ。スキルに〈ラファエル〉が追加されたけど、クールタイムが十二時間掛かるくらいで他に大きなデメリットはないみたい」

「そうか。安心したけど、何かあったらオレに教えてくれ」

「わかった」

大きなデメリットがない事に一安心する。

これでオレと同じ天命を削ったり、性別が変わる効果があったら師匠《ししょう》に一回は確実に殺されていただろう。

さて、あとは来た道を戻《もど》って〈エアリアル国〉で決戦の準備を――、

「――ッ⁉」

凄《すさ》まじい殺気を感じて全身に鳥肌《とりはだ》が立った。

長年の直感が、かつてない程に大きな警報を鳴らす。

声で教える時間はないと判断し、振り向き漆黒《しっこく》の大剣《たいけん》が真上から迫るのを確認する。

考えるよりも早く剣を抜いて〈ソードガード〉を発動する。

頭上から迫る一撃を、オレは真っ向から受け止めた。

「く……⁉」

『ほう、これを止めるか』

あと一秒遅《おく》れていたら死んでいた。

敵はスキルを使用していない。

それなのに純粋《じゅんすい》な筋力値に押《お》し負けている。

交差する刃を間に挟《はさ》んで、全身フル装備の黒騎士と視線が交差した。

自分を切り裂こうとしたのは、これまでの冒険で幾度《いくど》か邂逅《かいこう》したアンノウン。

大剣使いの黒騎士だった。

「あ、アナタは……ッ」

驚《おどろ》くと同時にオレは舌打ちをした。

相手はレベル150。〈ソードガード〉で防御《ぼうぎょ》しているとはいえ、このまま受け続ければ愛剣ごと斬《き》り殺されるのは必至だ。

ならこの場で、自分が取れる最善の策は一つしかない。

柄をしっかり握り、剣に意識を全集中。

巧《たく》みな剣さばきで、漆黒の刃を地面に受け流した。

そのままグルッと回り、二連撃の攻撃スキル〈デュアルネイル〉を発動する。

緑色の閃光《せんこう》を放つ刃を手に、眼前の黒騎士に切り掛《か》かった。

だが彼《かれ》は重装備だというのに素早《すばや》いバックステップで回避《かいひ》、オレ達《たち》から距離を取ると大剣を構えて笑った。

『ハッ、流石は〈ダーク・シューペリアナイト〉に勝利した剣士だ。私の大剣を技術で受け流すだけじゃなく、そこから反撃《はんげき》までしてくるとは！』

あの状態から避けるとは。やはり、とてつもなく強い……。

剣を構えて警戒《けいかい》するオレは、後ろで襲撃者《しゅうげきしゃ》に対し動揺《どうよう》している二人に告げた。

「クロはアリアの護衛を、アリアは援護狙撃《えんごそげき》を頼《たの》む」

「わ、分かりました」

「ソラ、あの人を相手に一人で戦えるの？」

「かなり厳しいと思う。だからオレも全力を出すよ」

付与《ふよ》スキル〈ハイストレングス〉〈ハイプロテクト〉〈ハイアクセラレータ〉〈ハイシュプルング〉〈ハイゲズントハイト〉を解放。

自身とクロ達に全強化を付与して白銀の剣を正眼に構えた。

緊張の面持《おもも》ちの二人は頷き、オレから距離を取った。

「……この場所に現れてオレを殺そうとしたってことは、貴方《あなた》の狙《ねら》いは指輪ですか？」

『ああ、そうだ。この忌《い》まわしい鎧《よろい》の呪いを解くため、癒《いや》しの象徴《しょうちょう》である大天使〈ラファエル〉の力を貰いに来た』

チラッと、そんな力があるのかクロを横目で見る。

しかし彼女はステータス画面を確認し、そんな力はないと首を横に振った。

「残念ですが、そんな力はないみたいですよ」

『だとしても、天使の指輪には他に使い道もあるはず。この地獄《じごく》から解放される悲願の為《ため》にも、ここで大人しく引き下がるわけにはいかない』

「……それがオレ達に刃を向ける理由ですか」

『ああ、そうだ。その為に私は、──ここまで来たんだ！』

思いを叫《さけ》び、執念《しゅうねん》を胸に大剣を構える黒騎士。

肌《はだ》を突き刺《さ》すような鋭い威圧《いあつ》感に、オレは思わず息を呑《の》んだ。

『譲《ゆず》ってはくれないのだろう？　ならキミ達には悪いが、ここでキミを倒して姫《ひめ》と少女を拘束《こうそく》し指輪を回収させてもらう！』

教会で会った時とはまるで別人。これが鎧の支配効果なのか。

ムダかも知れないが、オレは彼の説得を試みた。

「それならオレ達の仲間になって、一緒《いっしょ》に呪いを解く方法を探しませんか？　一人で悩《なや》むよりもそっちの方が絶対に良いはずです」

『素晴《すば》らしい提案だ。……しかし、私にはもう時間が残されていない。アイテムが枯渇してしまった今、一刻も早く呪いを解かねば！』

黒騎士のステータスにあるアイコンの中で、一つだけ呪いマークが点滅《てんめつ》している。

恐《おそ》らくはアレが以前話していた鎧の洗脳効果だ。

本来の自我《じが》を呪いによって失いつつある彼は、切羽《せっぱ》詰《つ》まっているが故に冷静な判断ができなくなっている。

それならと状態異常の耐性《たいせい》を上げる〈ゲズントハイト〉を彼に付与するが、エラーが発生してキャンセルされてしまった。

まさかアンノウンには付与スキルを使用できない？

戦闘を回避する希望を失い、闘《たたか》うしかないのかと身構える。

そこで彼は可笑《おか》しそうに笑った後、けっして聞き捨てならない一言を放った。

『ハハ、幻覚《げんかく》かな？　君の構えは私の従妹《いとこ》、シグレに似ているな……』

「…………え？」

その一言を聞き、オレは全身に稲妻《いなずま》のようなものが走った。

思い出したのは、以前に彼が口にしていた言葉。

――ああ、私はどうしようもない程に愚《おろ》かな男で、不慮《ふりょ》の事故で娘《むすめ》をたった一人で置いてきてしまった上に一緒にいた妻と離ればなれになってしまったんだ。

おい、ちょっと待て。

なんで今まで気づかなかったんだ。

ヒントがあったというのに、今に至るまでまったく考えもしていなかった。

自分の予想が当たっているのなら、彼の正体は……。

向けられる殺気を真っ向から受けて、オレは一つだけ尋《たず》ねた。

「もしかして、貴方はベータプレイヤーですか？」

『……そんな事を聞いてどうする』

「とても大事なことです。オレにも貴方にも、そして何より……」

今後方で、未《いま》だ状況《じょうきょう》を呑み込めずにいる彼女にとっても。

続きを言おうとしたら、彼が先に口を開いた。

『ああ、そうだとも！　俺《おれ》はこのクソッタレな世界に閉《と》じ込められて、たった一人の娘を現実に置き去りにして、妻ともはぐれてしまった愚かな男だ！』

黒騎士《くろきし》は自身に対して怒《いか》り狂《くる》い、手にした大剣を地面に叩きつける。

余りの気迫《きはく》に慣れていないらしいクロ達は驚いてビクッとなるけど、予想通りの回答を得たオレは激高する彼を冷静に見据《みす》えた。

「娘さんの名前は」

『キミに言って何になる！』

「オレは、もしかしたら貴方の娘さんを知っています」

『な……』

言葉を詰《つ》まらせる黒騎士、その表情は驚きに包まれている。

更にオレは畳《たた》み掛けるように問いかけた。

「娘さんは、このゲームをプレイしていますよ」

『それはないな！　あの子は戦うことが苦手な子だ。こんなゲームをするわけがない！』

戦うのが苦手、それを聞くと間違《まちが》っている気がしてくるが。

オレの直感は、この考えはあっていると支持している。

ちらりとクロに視線を向ける。

傷つけてしまう可能性を考えると口にするのにためらいが生じるけど、自分の直感を信じてこの場に一石を投じた。

「この子が貴方の娘だと言ったら？」

『…………………ッ!?』

黒騎士の視線が、クロに向けられる。

もしかしたら間違っているかもしれない。

最悪の場合パートナーを傷つけることになるかもしれない。

緊張の面持ちでことの成り行きを見守っていたら。

しばらく彼はクロを見つめた後、今まで纏《まと》っていた殺意が霧散《むさん》した。

絶望の中で希望を見つけたような表情になり、震《ふる》える声で彼女の名前を呟《つぶや》く。

『まさか、まさかそんな………黎乃なのか』
「うそ……パパ、なの……？」
初めて交差する二人の視線。
今まで父と認識《にんしき》できない程、鬼《おに》のような形相をしていた黒騎士の顔は涙《なみだ》に歪《ゆが》む。
なんせ目の前にいるのは実の娘だ。
いるはずがないという先入観で、彼は正しく認識できていなかっただけ。
ちゃんと見れば、彼女が何者なのか誰《だれ》よりも理解できる。
『ああ、黎乃……くろのぉ！』
長年求めていた娘に出会えた男は、剣を手放して駆《か》け出そうとする。
だがそんなハッピーエンドは許さないと、彼を未だ蝕《むしば》む呪いが真価を発揮した。
柄《つか》を放す寸前、鎧の表面に深紅《しんく》のラインが走る。
禍々《まがまが》しいオーラが噴出《ふんしゅつ》して、あっという間に彼を呑み込んでしまった。
『グゥ、ガアアアアアアアアアアアアアアアアアッ⁉』
「パパッ！」
「……これが、鎧の呪いか」
黒騎士の目の色が、日本人の黒から血のような真紅《しんく》に染まる。

取り戻していた穏やかな雰囲気は一変し、凄まじい殺意が此方《こちら》に向けられた。

もはや父親としての面影《おもかげ》はどこにもない。

オレは〈洞察〉スキルで、今の彼の情報を見抜《みぬ》いた。

〈カース・ディザスターモード〉：ＨＰが残り三割以下になるまで周囲の敵を殺し続ける狂化状態。ヘルヘイム国に所属する者は殺さないよう制約が掛けられている。

これはどう考えても、クロの言葉は聞こえないだろう。

……相手はレベル１５０。

間違いなく、現環境《かんきょう》で最強の相手。

クロとアリアの二人を背にして殺意を振《ふ》りまく狂騎士の前に立ちはだかると、オレは剣を構えてクロにこう言った。

「今からオレが、クロの親父《おやじ》を助けるよ」

覚悟《かくご》を決めたオレは襲《おそ》い掛かる狂騎士と衝突《しょうとつ》した。

⑥

数多の武器カテゴリー中、大剣は一撃必殺を重視した技が多い。

全武器の中で一番取《と》り扱《あつか》いが難しい部類であり、突き技なら槍《やり》の方が強く、近接での立ち回りなら盾《たて》を扱える片手用直剣《ちょっけん》の方が扱いやすい。

故に対人戦においては殆《ほとん》どのプレイヤー達から、扱いの難しい玄人《くろうと》向けの武器だと評価されている。

しかし圧倒的《あっとうてき》なレベルの差と理性を失った獣《けもの》と化した狂騎士が扱うソレは、もはや大剣とは思えないレベルの災害となって襲い掛かる。

『ガアァァッ！』

片手用直剣の間合いよりも大外側から、大剣とは思えない剣速で右から左に横薙《よこな》ぎの斬《ざん》撃《げき》が繰《く》り出される。

質量的に無理があるだろ、と思いながらも集中して斬撃の軌道《きどう》を見切ったオレは、それをバックステップして紙一重で回避。

着地すると地面を蹴《け》り反撃に転じる。

だが今通《とお》り抜《ぬ》けたばかりの大剣が、空中でピタッと止まった。

おい。まさか、そこから返ってくるのか。

狂化で理性を失っている筈《はず》なのに狂騎士は巧みな身体操作で大剣を操《あやつ》り、右足を大きく蹴り出して左下から右上に斬撃を放ってきた。

『シャアァァッ！』

「うお……!?」

驚いたオレは咄嗟《とっさ》に〈ソードガード〉を発動して斬撃を上に受け流す。

大剣を振り切った姿勢で、狂騎士の動きが固まった。

「ここだ！」

受け流した事で生じた僅《わず》かな隙《すき》。

それを逃《のが》さずに狙い〈ソニック・ソード〉を発動。

一気に間合いを詰めて、右下段から左上段に刃《やいば》を一閃《いっせん》する。

すると狂騎士は〈アーム・ガード〉を使用して斬撃を左腕《ひだりうで》で防御した。

「うぐ……ッ」

スキルが衝突することで、周囲に激しい衝撃音《しょうげきおん》と火花が散る。

オレの攻撃《こうげき》を上回った彼の防御は完全に斬撃を無効化した。

刃を弾かれてしまったオレはバランスを崩し、コンマ数秒間だけ硬直《こうちょく》時間を課せられる。

そんな隙だらけの中、狂騎士が大剣を振りかぶる姿が目に映る。

反撃が来るのを見たオレは、ギリギリのところで硬直が解除される。慌《あわ》てず大きく横にステップをして、振り下ろされる斬撃を避《さ》けた。

そのままカウンターを決めてやろうと思うと、振り下ろされた大剣は地面に接触せず、急に軌道を変えてオレを追尾《ついび》して来た。

「くぅ……っ」

あそこから軌道を変えられるのかよ！

このままでは胴体《どうたい》が真っ二つになるので、踏《ふ》み込《こ》むのを中止して後ろに全力で跳《と》んだ。

紙一重で薙《な》ぎ払《はら》いを回避したオレは、そのまま間合いの外に避難《ひなん》する。

「ふぅ……。やっぱり一筋縄じゃいかないな」

口からこぼれ出たのは、狂騎士に対する素直《すなお》な賞賛の言葉。

以前に戦った大剣使いのガルドとは、比較《ひかく》にならない程の戦闘《せんとう》技能だ。

それもレベルの差だけではない。

クロの父親が長い月日を共に戦い抜いた大剣。

それを使いこなす為に積み重ねられた技術は、どれも完成度が師匠クラスだ。

重くて鋭《するど》くて速い剣技、間合に入るだけでも一苦労である。

理性を失っている筈なのに、あれだけ動けるのは愛剣の使い方を頭ではなく、身体で覚えているということなのだろう。

加えてもう一つだけ、この戦いで深刻な問題がある。

それは防御スキルを使用されると、ダメージが全く通らなくなることだった。

先程のチャンスも〈アーム・ガード〉のせいで、全くダメージが入っていない。

つまり必死こいて間合いを詰めて攻撃を叩《たた》き込んでも、全て彼の防御スキルで防がれることを意味する。

「速い上にクソ硬《かた》いとかチートすぎるだろ」

おまけに攻撃に関しても一発もらったら死にかねない。

中々なクソゲー的な展開だと思う。

一つくらい弱点はないのかとクレームを出したいくらいに。

だがオレは廃人《はいじん》ゲーマー、この程度の窮地《きゅうち》は何度も潜《くぐ》り抜けてきた。

「回避は勇気と根性《こんじょう》でどうにかなるけど、一番の問題は有効な攻撃がまったくないことか」

攻撃を避けながらスキル欄《らん》を見て、なにか有効的なものはないか探す。

するとすぐに良さそうなスキルを発見した。

オレは迷わずに一覧の中から〈ガードブレイク〉を発動させる。

これは文字通り、敵の防御スキルを無効化できる対防御のメタスキル。

ただ他の技と併用《へいよう》ができない為、対人以外ではゴミなのが最大の欠点といえる。

しかしこの状況においては、狂騎士のチート防御を打破する唯一《ゆいいつ》の切り札と化す。

「行くぞ！」

『ガアアアアアア！』

飛び掛かってくる狂騎士、大振《おおぶ》りの薙ぎ払いを避けてオレは懐《ふところ》に飛び込んだ。

敵が使用する防御スキルは〈ファランクス〉。

全てのダメージが半減になるタンク最強の防御スキル。

だがオレの水平切りは彼のスキルをブレイクし、全ての防御効果を無効化する。

防御バフがない事は〈洞察〉スキルによって把握《はあく》することができた。

今なら——二連撃《にれんげき》〈デュアルネイル〉！

直《す》ぐに使用していた〈ガードブレイク〉をキャンセルしたオレは、そこから地面を蹴り高速回転して水平二連撃を叩き込んだ。

初めてここで、狂騎士のＨＰが数ミリ減少する。付与スキルで強化しているとはいえ、元のステータスが桁違《けたちが》いなのでダメージ量は少ないが。

「ダメージが通るなら、後はこれを繰り返せば呪いを解除できる！」

ただ唯一の問題は、この彼を相手にオレの集中力がどこまで続くのか。

まさに根比べの戦いだが、負けることは絶対に許されない。

「続くか続かないかじゃない、最後までやり切るんだ！」

敗北はクロとアリアを危険に晒《さら》すことを意味する。

もしも重要キャラクターであるアリアが死ねば、多くの人達の期待を裏切るだけでなく、此処まで頑張《がんば》ってきた全てが水の泡《あわ》となってしまう。

そしてクロに至っては、実の父親に殺されるという絶対にあってはいけないことが起きてしまう。

それだけは絶対にさせない。させてはいけない。

何よりも彼女達《かのじょたち》は、オレの大切な仲間なのだから指一本触れさせはしない。

眦《まなじり》を吊《つ》り上げたオレは、迫《せま》る大剣を見据えると〈ソニック・ソード〉で避けて、一気に狂騎士に接近する。

再度〈ガードブレイク〉を発動させた剣を振るい、狂騎士の一定時間だけ防御力《ぼうぎょりょく》を上げるスキル〈ナイトガード〉をキャンセル。

四連撃〈クアッド・ランバス〉に繋《つな》げて、高速の四閃《しせん》を叩き込んでいく。

これら全ての攻撃は彼が正気ならば、全て冷静に対応されていただろう。

だけど今の狂騎士は怖《こわ》くない。彼は与えられた命令だけで動く、ただレベルの高いモンスターと同じムーブしかできないから。

「まだまだぁ！」

足の速さを付与スキルで更《さら》に強化しているオレは、狂騎士が大剣を振るうよりも速く動き着実にダメージを与えていく。

フェイントを織り交ぜては技を誘発《ゆうはつ》させて、隙だらけとなった場所に一撃《いちげき》を与える。

避けて、受け流しては、懐に飛び込んで切る。

HPは半分を下回り、いよいよ残り三割にまで減る。

オレは〈ガードブレイク〉をキャンセルして、三連撃〈トリプルストリーム〉を発動。

右に左に水平切りを放った後、最後の真《ま》っ向《こう》切りを振り下ろす。

『グルゥア！』

HPは残り二割、もうひと踏ん張りだ！

後数回という所まで来ると、これまで一方的に攻撃を受けていた狂騎士の身体から突如《とつじょ》漆黒《しっこく》の不気味なオーラが放たれる。

『マスター！　アレは〈暗黒騎士〉の範囲《はんい》攻撃《こうげき》スキル〈アンリーシュ〉です！　ここにいるとふっ飛ばされます、急ぎ回避行動を！』

「なんだその某《ぼう》ロボットゲーのプレッシャーみたいな技！」

広範囲《こうはんい》に放たれた、禍々しい漆黒の波動。

とっさに回避行動を取ったオレは、ギリギリ逃《に》げ切れずに弾《はじ》き飛ばされた。

「ぐう……っ！　やっぱりそう簡単には行かない」

空中を舞《ま》いながらも巧みに姿勢制御《せいぎょ》して、地面をずり下がりながら勢いを止める。

そこに大きな黒い影《かげ》が被《かぶ》さった。

「な……追いついてきただと⁉」

『ガアアアァ！』

大剣を手にした狂騎士が、深紅の光を放つ刃を上段から下段に振り下ろした。

アレは広範囲に衝撃波《しょうげきは》を放つ大剣スキル〈バスター・インパクト〉。

不味《まず》いと思い、着地して直ぐに跳躍《ちょうやく》して回避する。

だがここで予想外の出来事が襲った。

「うぐ……っ」

地面に叩きつけた大剣から、周囲に放たれた衝撃の波。

この衝撃波自体に直接的なダメージはないが、そのかわりに触れると相手にノックバック効果が発生するらしい。

正に前衛で身体を張る騎士としては、複数の敵を一度に止められる良い技。

だが対人用としては実に厄介《やっかい》な事この上ない。

「く、……マジかよ！」

普通のモンスターとの戦闘なら許容内だけど、この状況下では致命的《ちめいてき》な隙だ。

狂騎士は大剣《たいけん》を構えると、オレの命を狩《か》るために青い光の突《つ》き技を放ってきた。

アレは大剣刺突《しとつ》スキル〈バスター・ストライク〉。

ジェット機の如き速度と威力《いりょく》で、狂騎士はオレを貫《つらぬ》かんとする。

「早く、早くスタン解けろ！」

動けない状況で、大剣の切っ先が迫ってくるのは中々に恐ろしい。

内心では焦《あせ》り散らかしながら残り一メートルまで迫ると、ようやくスタンが解除されて身体の自由が戻ってきた。

串刺《くしざ》しにされるまで残り数十センチ。

「う、おおおっ！」

ギリギリのタイミングで〈ソードガード〉を発動させたオレは、白銀の剣を大剣と自身の間に差し入れて受け止める。

後方に大きく弾き飛ばされるが、転倒《てんとう》しないように姿勢制御して止まる。

しかし一度握《にぎ》らせてしまった攻撃《こうげき》の権利は終わらない。

駆ける狂騎士の持つ大剣が今度は緑色の光を放った。

大剣カテゴリーの二連撃スキル〈バスター・ネイル〉。

『ゴアアアアアアッ！』

狂騎士が大剣を横に構えると、胴体を狙った水平切りを放つ。

回避できないと判断したオレは、白銀の剣を斜《なな》めに構えて〈ソードガード〉で受け流した。

だが受け流された後も、大剣は更に加速。

竜巻《たつまき》の如く回転し、威力が増した二撃目を繰り出してくる。

「……う、おおッ！」

この速度と威力、回避も受け流すのも無理だ。

とっさに頭の中に浮《う》かんだのは、この危機を唯一打破できる可能性。

オレは剣を下段に構え、刃から鮮烈《せんれつ》な白銀の光を放つ。

剣を上段に振り上げ、全力の強撃〈レイジ・スラッシュ〉を大剣に叩き込んだ。

「くぅ……っ」

『ガァ!?』

スキルの衝突によって、身体は大きく後方に弾き飛ばされた。

余りの衝撃に踏ん張れず転倒《てんとう》すると、そこから地面を転がり停止する。

顔を上げると狂騎士も同じく、離れた場所で膝《ひざ》をついていた。

不味い、急いで起き上がらなければ……っ！

転倒ペナルティの三秒間硬直が解けて、直ぐに身体を起こそうとしたら。

狂騎士が膝をついたまま、離れた位置で大剣を下段から上段に振り上げる。

どう考えても、斬撃が届かない位置からの空振《からぶ》り。

一体何のつもりだ、とオレが疑問に思った直後の出来事だった。

空間が裂《さ》けて──漆黒の斬撃が迫って来た。

防御をしようとする刹那《せつな》〈洞察《どうさつ》〉スキルが教えてくれたのは、それが暗黒騎士の遠距離《えんきょり》攻撃《こうげき》〈ダークネス・フリーゲン〉という技名。

反応が遅れたオレを、無慈悲《むじひ》な漆黒の一撃が切り裂いた。

「が、ぐあああああああっ⁉」

「ソラ様！」

「ソラ！」

予想外の飛ぶ斬撃を受けて、真っ赤なダメージエフェクトが発生する。

そのまま床《ゆか》に倒《たお》れると、アリアとクロが駆け寄ってきた。

彼女達に返事をする事はできなかった。

意識はしっかりしているのだけど、指先一つ満足に動かせない有り様である。

確実に死んだと思った。

しかし、身体が光の粒子になって散る様子はない。

狂騎士の一撃を受けたオレは、何とか即死《そくし》は免《まぬが》れたようだ。

ちらりと視線を右上にあるＨＰバーに向ける。

奇跡的《きせきてき》にＨＰは残り『1』で止まり、自分でも何で生き残ったのか不思議でならない。

「ぐう……っ」

まだ生きているのなら、今すぐ立ち上がって戦わなければ。

気持ちは前向きなのだが、大ダメージを受けた影響《えいきょう》で一分間——つまり六十秒間ものスタン状態に陥《おちい》っている。

オマケに敵は健在だ。後少しで彼の〈狂化〉を解除できるというのに、こんな所で動けなくなるとは不甲斐《ふがい》ないにも程があった。

しかしスタン状態は、幸いにも初級のポーションで回復することができる。

それを理解しているアリアが、青い液体の入った瓶《びん》を取り出した。

「ソラ様、失礼します！」

中身をぶっかけると、淡《あわ》い青色の光がオレの身体を覆《おお》う。

しかし、少し様子がおかしかった。そこからスタン状態が解除されるはずなのに何の変化もなく回復時間が終了《しゅうりょう》した。

どういう事だと思うと、ルシフェルから〈ネガヒール〉という見たことが無い状態異常が付与されている事を告げられる。

「そ、そんな！　全回復無効状態だなんて⁉」

……ああ、なるほど。

先程《さきほど》の攻撃には相手のＨＰや状態異常の回復を阻害《そがい》する効果も含《ふく》まれていたのか。

それを受けたオレには常時表示されているＨＰゲージの下に、バツ印が付いたポーションのアイコンが追加されていた。

このカウントされている数字の通りなら、後三十秒間は回復を受ける事ができない。

そして当然だが、狂騎士はこちらの態勢が整う時間を悠長《ゆうちょう》に待ってくれない。大剣を手に立ちあがった彼が、ゆっくり近づいてくる。

呪いの鎧が、舐《な》めやがって……っ！

もう勝った気になっているのか、その足取りには余裕《よゆう》が見られる。

現に手足が動かない今の自分に抵抗《ていこう》する手段はない。

せめてクロとアリアに逃げろと伝えたかったが、スタン状態では口を動かし声を出すことも出来なかった。

二人は戦うつもりなのか、アリアが弓を構えて、クロが愛刀の〈夜桜〉を手にする。

「……パパ、ソラを傷つけるなら、わたし……わたしは！」

思いを叫び、クロは漆黒のカタナを構える。

その切っ先は、彼女《かのじょ》の今の心情を表して小刻みに震えていた。

立ちはだかる彼女を敵と認識したのか、狂騎士は大剣を握《にぎ》り締《し》めて駆け出した。

「ああああああああああああっ！」

小細工なしに、真っすぐ上段から放たれる斬撃。

それをクロは〈瞬断〉で打ち返した。

激しい衝撃に小柄《こがら》なクロの身体が後ろに大きくずり下がる。

「クロ様！」

互角《ごかく》で後方に吹《ふ》っ飛んだ狂騎士を、アリアの〈バースト・アロー〉が完全に捉《とら》える。

だがとんでもない反応速度で彼は〈アーム・ガード〉を発動。

片腕《かたうで》で猛烈《もうれつ》な風の矢を受け、完全に防いで見せた。

「くぅ……それなら！」

次にアリアが選択《せんたく》したのは〈クアッド・アロー〉。

四本の風の矢を手にした彼女は狙いを付けると同時、連続でレーザービームのような四連射を狂騎士に叩き込む。

これは流石《さすが》に当たったかと思うが、彼は更に遠距離攻撃に対するスキル〈ナイト・カウンター〉を発動し、矢を弾《はじ》く衝撃波を繰り出す。

「きゃあ⁉」

思いもよらぬ反撃に、アリアは避けられずに受けてしまう。

ダメージゼロで対象を一時的なスタン状態にする技を受けた彼女は、オレと同じように地面に倒れてしまった。

これで残り動ける戦力はクロだけだ。

彼女は愛刀を手に時間を稼《かせ》ぐため父親に〈瞬断〉を使用する。

狂騎士は大剣で防御、今度は互《たが》いに動かず間近で交差するクロと父親の視線。

少女は思いの限り、刃を交える父親に呼び掛けた。

「パパ、目を覚まして!」

『…………ッ⁉』

狂化状態で理性を失っているはずの彼が大きく目を見開いた。

手にしている大剣は大きく震え、片目には理性の色が戻る。

『ク……ロ、ノ…………』

「パパ……」

『頼む、ニゲロ、ニゲ──グルァッ‼』

一瞬《いっしゅん》だけシステムの支配から脱《だっ》し、正気に戻ったかのような反応をした。

だけど直ぐに彼の双眸《そうぼう》は、鋭い殺意に染まってしまった。

獣のような咆哮《ほうこう》を上げて狂騎士は、クロを彼女の剣ごと切り裂こうと大剣に力を込めた。

「あ……ぐぅ！」

純粋な力押しに、少女は押し負けて膝を地面についた。

クロ……ッ！

その光景に、オレは歯を食いしばった。

自分はこんな所でなにをしているんだ。大切な仲間が行方《ゆくえ》不明の父親と出会えたというのに、刃を交える事になるなんて間違っている！

胸中に渦巻《うずま》くのは、情けなく地面に倒れている自身に対する怒《いか》り。

しかしスタンが解けるまで、最低でも残り三十秒は掛かる。

狂騎士は内側で父親が足掻《あが》いているのか、攻撃は先程とは違《ちが》い精彩を欠いた乱雑に繰り出される斬撃を繰り返すばかり。

それをクロは反撃せずに、ただ必死に受け続ける。

彼女の目的はオレが復活する時間を稼ぐ、ただそれだけだった。

——すると、ピシッと嫌《いや》な音が聞こえた。

何事かと注意して見たら、クロの刀身に僅かな亀裂《きれつ》が生じていた。

オレの片手用直剣〈シルヴァ・ブレイド〉と違って、彼女のカタナ〈夜桜〉は切れ味に特化していて耐久値《たいきゅうち》が低い。

大剣《たいけん》の斬撃を立て続けに受けた事により遂《つい》に限界が来たのだ。

このままではカタナは折れて、クロが愛する父親の手で殺されるという最低最悪な胸糞《むなくそ》展開を迎《むか》えてしまう。

それだけは、何としても避けなければいけないのだが。

（動け、動いてくれオレの身体……っ！）

歯を食いしばり、懸命《けんめい》にシステムの拘束から脱しようとする。

けれど身体は指一本ですら、動かすことができない。アリアも隣《となり》で懸命にあがいているが、システムは容赦《ようしゃ》なく拘束し続けている。

狂騎士は大剣を握り締め、真っすぐクロに振り下ろす。

彼女は〈ソードガード〉で受け止める。

そこで遂にカタナは限界を迎えた。

大剣の重い一撃を受けた〈夜桜〉は半ばから折れてしまう。

「あ……」

そのまま狂騎士は、少女の身体《からだ》を切り裂こうとする。

自分を両断しようとする刃に対して、クロは全く避けようとしない。

両手を広げて、彼女は正気ではない父親の前に立ちはだかった。

オレは狂騎士の大剣が小さな身体を切り裂き、娘のＨＰをゼロにする無慈悲で凄惨《せいさん》な光景を覚悟した。

だが父親の矜持《きょうじ》は、そのバッドエンドを否定する。

『……黎、乃……ッ』

彼《かれ》は娘の名を振り絞《しぼ》るように呟く。

その有り得ない姿にオレは、驚《おどろ》きの余り目を見開いた。

クロを前にして狂騎士は必死に、己《おのれ》を支配する狂化を抑《おさ》えつけようとしていた。

システムの定めた、絶対的な強制力に抗《あらが》うとはこれが父親の意思の強さ。

世界のルールすら上回る、娘に対する大きな愛情。

それを見せられたオレは、ここで改めて考える。
ただこの場凌《しの》ぎをするだけじゃダメだ。
この人達《たち》を、オレは助けたい。
呪《のろ》いの鎧《よろい》の力から完全に解き放ち彼を自由にする。
そしてせめて、この世界でクロの元にいられるようにしてあげたい。
それでこそ、完全勝利というものではないか。
……でもどうやって呪いを打ち消す。
解呪なんてスキルはオレには使えない。
もしもできたとしても、あの鎧をどうにかできる人なんているのか。
そんなオレの悩みに応えるように、ルシフェルが一つの可能性を提示した。
『できるか保証はしませんが、これを試《ため》してみますか?』

【セラフィックスキル】
〈アイン・ソフ・オウル〉効果:選択した対象の付与《ふよ》効果を全消去する。
それは天命を消費し、天使化した時だけ使用できるスキル。

目の前に提示された可能性に、オレは頭の中にいる彼女に問いかけた。

「……これならできるのか、ルシフェル？」

『断言はできませんが、少なくとも現状を打破することは可能です』

どの道、この状況下で迷っている時間はない。

「頼《たの》む、オレに力を貸してくれ！」

ようやくスタンが解除されたオレは、迷わずに天使化のトリガーを引く。

アバターを構成する天命が一つ消費される。

身体の内から解放された、天の光が周囲を照らした。

溢《あふ》れる膨大《ぼうだい》な力、天使化によってオレのステータスは更に強化される。

立ちあがった身体には白銀の粒子《りゅうし》が漂《ただよ》い、頭上に天使の証である光輪が顕現《けんげん》する。

圧倒的な全能感に包まれながら再び立ち上がる。

「ソラ、お願いパパを助けて……」

天使化した姿を見たクロは、そこで力尽《ちからつ》き膝をつく。

パートナーから託《たく》された願い、力強く頷《うなず》いたオレは狂騎士と相対した。

「……後はオレに任せろ」

『グルゥッ！』

彼を支配する狂化は危険を察知したのか、自身を脅《おびや》かす力が行使される前にオレを排除《はいじょ》せんと、倒れているクロを無視して向かってくる。

振り下ろす大剣《たいけん》、それは先程使用した斬撃〈ダークネス・フリーゲン〉だ。

冷静に斬撃の軌道を見切ったオレは〈ソードガード〉を発動し、白銀の剣を構えて下段から上段に全力で振り上げる。

「はっ！」

オレの放った一撃は、飛ぶ斬撃の軌道を変えて天井《てんじょう》に衝突させた。

生半可な技では通用しない、狂騎士はそう判断したのだろう。

自身に強化スキルを盛ると大剣を手に襲い掛《か》かってきた。

彼が選択したのは、此方の防御《ぼうぎょ》を打ち崩《くず》す効果を持つ〈ブレイクアッパー〉。

下段から上段に振り上げる斬撃を見据え、オレは目を細めた。

防御《ぼうぎょ》崩しの技、相手の隙を作る選択肢《せんたくし》としては悪くない。

しかし、ここで逃げなかったのは悪手だ。

「……オレを、さっきまでのオレだと思うなよ？」

天使化によるバフ、それによってステータスは先程よりも更に上昇《じょうしょう》している。

タイミングを見計らったオレは、強化した〈ソニック・ソード〉の急加速を利用して刃を右から左に一閃した。

超強化《ちょうきょうか》と瞬間的《しゅんかんてき》な加速により、威力は数倍以上にまで跳《は》ね上がる。

オレの放った一撃は、大剣を横から捉えて弾き返した。

『────ッ⁉』

押《お》し負けるとは思っていなかったのだろう。

予想外の事態に狂騎士《きょうきし》は、姿勢が完全に崩れてしまう。

その隙にオレは剣を鞘《さや》に収めて腰《こし》を落とす。

両足は開き、身体は斜めに右肘《みぎひじ》を見せるように構えた。

何故《なぜ》『居合斬《ぎ》りの構え』なのか。

それはこの構えの方が、属性を束ねるイメージをしやすいと思ったから。

次にオレは自身に七つの属性付与を発動する。

『火』『水』『土』『風』『雷《かみなり》』『光』『闇《やみ》』。七つの異なる属性達は自分に従い、鞘に納められた刃を媒体《ばいたい》にして一つとなる。

鞘に納めている剣から、目を焼くような眩《まばゆ》い純白の光が溢れ出した。

純白は『神』とその『眷属《けんぞく》』しか持たない天の色。

漆黒《しっこく》の魔王《まおう》に対抗《たいこう》できる唯一の光。

遍《あまね》く世界を照らす、神の威光《いこう》を手にしたオレは駆け出す。

「うおおおおおおおおおおおっ！」

近づかせまいと、苦《くる》し紛《まぎ》れに上から振り下ろされる大剣の一撃。

『ガアアアアアアアアアアアっ！』

軌道を見切ったオレは、最小限の動きで斜め前にスライドするように避けた。

ここはオレの刃が届く距離《きょり》、避けるのは絶対に不可能な間合い。

鋭く息を吐《は》いて、手の中にある浄化《じょうか》の力を解き放った。

「全てを打ち消せ――〈アイン・ソフ・オウル〉！」

スキルの威力はゼロだ。

何故ならば、これは相手を倒すためのスキルではないから。

純白の光は神速の刃から放たれると狂騎士を包み込んだ。

光は彼に付与されていた全ての効果をキャンセルして、鎧に付属されていた〈狂化〉の付与と装備解除不可の効果も一時的に無効化する。

振り抜いた剣を鞘に納めると呪いの鎧は、長く申請《しんせい》されていた『装備解除』を受け入れて一人の男性を束縛《そくばく》から解放した。

「う……ぐう……っ」

狂化に抵抗して消耗《しょうもう》したのか、地面に両膝《りょうひざ》をついたクロの父親。

頭上にはプレイヤーネーム『ハルト』と表記されている。

大丈夫《だいじょうぶ》か、とオレがハルトさんに歩み寄ろうとしたら。

「パパぁ！」

今まで我慢《がまん》していたクロが、オレが動くよりも早く横を抜けて彼に駆《か》け寄った。

弱々しくも微笑《ほほえ》むと、父親は半年ぶりに再会した娘《むすめ》を胸に強く抱《だ》き止《と》めた。

「黎乃……ああ、夢みたいだ……」

「ぱぱ、ぱぱぁ……っ」

二人は、お互いに涙《なみだ》が溢れる。それは悲しみではなく、心から嬉《うれ》しくて流れる涙だった。

これが、オレの望んだ優《やさ》しい世界。

望まぬ別れをして会うことの出来なかった親子。

二人はここで遂に再会を果たしたのだ。

⑦

アレから移動して神殿《しんでん》内にある休憩所《きゅうけいじょ》で休むことにした。

受けたダメージは既《すで》にポーションで全回復している。

鎧はアリアが最上階に巫女《みこ》の力で封印《ふういん》したけど、オレは念のためにハルトさんのステータスをチェックする。

「今のところ変な状態異常は見当たらないかな」

「そうですね、わたくしにも邪悪《じゃあく》な力は感じられません」

「ああ、所持していた時は強力な繋がりを感じていたけど、王女が封印して以降は鎧との繋がりは完全に無くなった感じがするよ」

「……所持しているだけでも強制装着させられるとか恐《おそ》ろしい装備ですね」

アリアが封印する力を持っていて本当に感謝である。

ちなみにクロは泣きつかれたのか、今はハルトさんの膝の上で眠《ねむ》っている。

その安らかな寝顔《ねがお》に表情を緩《ゆる》めると、オレは彼に言った。

「ハルトさん、身体は大丈夫ですか」

「ああ、大丈夫だ。……ただずっと鎧をつけて生活していたから、こうして衣服だけでいられる感覚に慣れないでいるけど」

「あー、その気持ちわかりますよ。オレも良くクソゲーの沼《ぬま》にハマるんですが、いざ神ゲーをプレイした時にバグが少ない環境《かんきょう》でプレイしていると、安心するような物足りないような不思議な感覚になるんですよね」

「キミは天国と地獄《じごく》を行き来する廃人のようだな……」

眼のハイライトが消えたオレに彼は苦笑いする。

自分の隣にいるアリアは、理解できなくて小首をかしげていた。

「ソラ君、王女、本当にありがとう」

「お礼の言葉は良いですよ。それよりもレアなアイテムがあったら下さい！」

「ソラ様はブレませんねー」

「レアなアイテムか。申し訳ないが手持ちは重装備ばかりで、見たところ軽量型のキミに合うものはないな……」

「それは残念……」

普通《ふつう》に考えて前衛タンク型の彼が、軽量で良い装備を持っているわけがない。

レベル150ならば、それなりにため込んでいると思ったのだが、やはりゲーム人生はそう上手《うま》くは行かないものだ。

しょんぼりしながら、オレは取りあえず情報収集することにした。

「そういえば〈ヘルヘイム国〉で何をしたんですか？　あの鎧は罪を犯《おか》した人につけられる奴隷《どれい》の鎧って聞いたんですけど」

「……実は後半マップまで進んだ私達のクランは〈ヘルヘイム国〉から勧誘《かんゆう》を受けたんだよ」

「〈ヘルヘイム国〉から勧誘？」

「ああ、封印されている魔王《まおう》の領土に一番近い場所に国がある〈ヘルヘイム国〉は、この世界で魔の者達と戦う最前線。その貴重な戦力として、私達に仲間になって欲《ほ》しいと女王から勧誘をされたんだ」

「すみません、レアなアイテムに目が眩《くら》んだ訳じゃないんですね」

「私達はゲーマーだぞ！　──無論全員が最高レアリティのアイテムを貰《もら》えるという甘言《かんげん》を聞いて城について行ったら、一番目に鎧をもらった私が支配された！」

やべぇ……オレの想像していた以上の惨劇《さんげき》だった。

いや、レアなアイテムに引っ掛かるのはしょうがないけど、ハルトさんが所属していたクラン全員がハメられたんかい。

「クロが眠っていて良かったですね、たぶん聞かれたら引っ叩《ぱた》かれていましたよ」

「ああ、私もそう思う」

「それで他のメンバーはどうなったんですか？」

「無論、罠《わな》だヤバいと慌《あわ》てて逃げたよ。幸いにも鎧を装備したのは私だけで済んだから、他のメンバー達は無事に離脱《りだつ》した。ただその時に妻とは、離《はな》れ離《ばな》れになってしまったわけなんだが……」

「なるほど、それは不幸中の幸いです。……それにしても〈ヘルヘイム国〉マジでヤバい国だな。シオと師匠《ししょう》に気を付けるよう言っておかないと」

ハルトさん達の件を考えると、オレ達にとっても油断ならない相手だ。

早速《さっそく》メニュー画面を開いて、メッセージを打とうとする。

そこでハルトさんは申し訳無さそうな顔をすると、キーボードパネルと向き合うオレにこう言った。

「黎乃から聞いたよ。私とアリサの身体が光になって消えた事を……」

「どうしてこんな事になったのか、心当たりはあるんですか」

「もちろん、ある。私とアリサや当時のトッププレイヤー達は、最後だからとベータテスト終了時間までプレイしていたんだ。そしたら時間が来てもゲームは強制終了しないで一《いっ》瞬《しゅん》だけ暗転した後、ゲーム内の時間が数年以上経過して全プレイヤーはログアウトできなくなったんだ」

恐らく暗転が、この世界に閉《と》じ込《こ》められたタイミングなんだろう。

しかしまさか、ベータテストの終了後に取り込まれるなんて現象が起きるとは。

「……ベータプレイヤーの恒例《こうれい》行事ですよね。最後だからって皆《みな》で集まって強制ログアウト待ちするの、オレも昔やったことがあります」

「いつもなら妻と私は黎乃の為《ため》に片方は現実にいるようにしていたんだが、終了時間がお昼でシグレもいた事で、組んでいた仲間達と迎えることにしたら……」

「こんなことになってしまったと……」

ズーンと、どんよりした空気が漂う。

たった数分で取り返しのつかない事になるなんて最悪すぎる。

ただ今の情報で一つだけ分かった事がある。それは、

「ということは、ハルトさん達は天命残数《てんめいざんすう》がゼロになったわけじゃないんですね」

尋《たず》ねると彼は、ステータス画面を開いて確認《かくにん》した。

「……ああ、私は残り65くらい残っているかな」

「終盤《しゅうばん》まで進めて、それだけあるのは何人くらいなんですか」

「レベル150は全員で30人くらいだ」

「かなり多いですね」

「攻略組《こうりゃくぐみ》は慣れていたからさ。クラメン以外にも帰還《きかん》できなくなった人達がいるんだが、そっちは初心者で残り20程度だったと記憶《きおく》している」

「残機が20って……」

「かなり不味い状態だけど、安全地帯から出なければ死ぬことはない。そこまで深刻に受け取らなくて良い。彼等は脱出《だっしゅつ》方法を探しながら、今頃《いまごろ》は安全な〈バルドル国〉で暮らしているはずだ」

確かに安全エリアから出なければ死ぬことはない。

安心ではあるけど、それにしても中々に衝撃的《しょうげきてき》な話だ。

まさかプレイヤー達の身体が消失した原因が、ベータテストの期限を超《こ》えてもゲームの世界に残ったからなんて……。

現実世界の身体が消えるなんて誰《だれ》も思わなかっただろう。

知っていれば誰だってログアウトしていたはずだ。

ゲーマーでなければ回避《かいひ》できた可能性を考えると、何とも言えない気持ちになった。

「それにしても想定していた以上に最悪の事態だ。現実世界に身体が無いということは帰還方法を見つけたとしても私は……」

「ハルト様……」

帰還が絶望的な事に打ちのめされる彼の姿に、アリアが悲しそうな顔をする。

これでは、たとえ帰還方法を見つけたとしても帰る肉体がない。

もしかしたらログアウトした際に復活する可能性も考えられるけど、それは確証のないただの自分の予想にしか過ぎなかった。

妻とは離れ離れ。帰る方法は分からない。現実の身体は消えている。

最悪な不幸のジェットストリームアタックに、なんて声を掛けたら良いのか分からない。

閉口していたら、そこでルシフェルが質問してきた。

『マスターは覚えていますか』

「なにを?」

『この世界の神、イル様が仰《おっしゃ》っていたことを』

言われて直《す》ぐに思い出す。

そういえば数日前に夢の中で〈アストラル・オンライン〉の神を自称《じしょう》する女の子と花畑で会ったような気がする。

余りにも現実味のない内容で、オマケにその後にあった家中に〈精霊《せいれい》の木〉出現事件とマスコットモンスターの出現で忘れてしまっていたけど。

あの時に彼女はなんて言ったかな。えーっと……。

『イル様はこうおっしゃっていました。――もしも全ての大災厄《だいさいやく》を倒せたなら、その時は神の権限でアナタの願いを、この世界でなんでも一つだけ叶《かな》えてあげますと』

「……ってことは」

『少なくとも、ゲームをクリアしたら帰還する事は可能だと思います』

「おお！　……でも身体がないと帰還してもダメじゃないか？」

『そちらに関してはマスターの世界に出現したエル・オーラム様なら、どうにかできるのではないでしょうか』

「………………っ⁉」

ルシフェルの言葉に強い衝撃を受ける。

なんで今まで、ソレを忘れてしまっていたのか。

確かに超常的《ちょうじょうてき》な力を扱《あつか》ってる、あの謎《なぞ》の集団のトップならばハルトさんのどうしようもない状況《じょうきょう》を解決できるかも知れない。

だって彼女は世界を救うために、モンスターを作ったのではないか。

あの力ならハルトさん達の身体を、元に戻《もど》すことも不可能ではないはず。

まだ望みを捨てるのは早い、出来る事は全て試さなければ。

どうしてゲームのサポートシステムであるルシフェルが、そんな事を知っているんだとか、そんな細かい事はこの際どうでもいい。

全く頭に無かったその発想に、心の中で深く彼女に感謝した。

「ハルトさん、取り敢《あ》えずこの件はオレに任せてもらって良いですか」

「ソラ君……？」

「もしかしたらログアウトと現実の身体、両方を同時に解決できるかもしれません」

「ソラ様、本当なのですか⁉」

アリアが驚いて立ち上がり、オレの手を握ってくる。

鼻先が触《ふ》れそうな程《ほど》に近づく彼女に、オレは苦笑《くしょう》しながらも頷いた。

「ああ、まだ未確定だけどな。でもオレの夢と現実世界に現れた神様が本物なら、ワンチャンあるかも知れない」

本当に可能性でしかない話だけど、これを聞いたハルトさんは頭を下げた。

「……ありがとう、ソラ君。君にはどれだけ感謝してもしきれない」

「オレもクロには助けられたので。これは恩返しだと思って下さい」

眠っている黒髪《くろかみ》の少女を見て強く胸に誓《ちか》った。

イルはゲームをクリアしたら願いを叶えると言った。

ただ現実の自称〈神様〉に、無償《むしょう》で願いを叶えてもらえるとは思っていない。

この子の笑顔《えがお》を守れるのなら、どんな要求をされようがオレは必ず応えてみせる。

なんせオレはハッピーエンド厨《ちゅう》なのだから。

第四章 ◆ アハズヤの真意

数ヶ月前、はじめは探《さぐ》りを入れる為だった。

最近〈闇の信仰者《しんこうしゃ》〉達《たち》が各国で不穏《ふおん》な活動をしていることは耳に入っていた。だからアハズヤは周囲に秘密で所持していた形見のアイテム――『信仰者の証』を使い潜入《せんにゅう》した。

全ては償《つぐな》いと、敬愛なる妹と女王の為に。

二人の為ならば、最悪この手を悪に染めても構わないと思っていた。

故に自分は奴《やつ》らの昇格《しょうかく》システムを利用し、定期的に行われる命を懸《か》けた決闘《けっとう》を制することで〈ダーク・シューペリアナイト〉まで上り詰《つ》めたのだ。

そこから始まった、敵のアジトでのスパイ活動。

彼等の活動情報を得ながら、情報を流し一つずつ潰《つぶ》していく。

怪《あや》しまれないようアハズヤが彼等に提供するのは〈封印の地〉に関する情報だった。

封印が解除される進行度、それが〈白銀の天使〉の活動に連動している事。これを聞いた闇の信仰者達はこう言っていた。

『ふん、どうやら神々が作ったシナリオの通りに進んでいるみたいだな』

実に意味深なセリフだった。

まるで大災厄の復活が最初から定められた既定路線《きていろせん》かのように、魔王の配下である彼は茶番だと笑っていた。

でも経緯《けいい》はどうであれ大災厄が、自分がこの世界で最も大切にしている妹を奪《うば》ってしまうのは変わらない事実である。

アハズヤはどうにか復活を阻止《そし》できないか、彼らのアジトにあった王家の文献《ぶんけん》にも載《の》っていない大災厄に関する情報を漁《あさ》った。

そして分かったのは復活を阻止するのが不可能な事。

絶望的だった。なにをどう足掻いても大災厄は復活する。

自分に提示されたのは『妹を犠牲《ぎせい》にして奴を再封印する事』と『妹を死なせない代わりに天使達ですら倒せなかった奴を討《う》つ事』の究極の二択《たく》。

どう考えても前者と違い、後者は大量の犠牲者が出る。

神話時代の天使長と四大天使で倒せなかったのに、現代の戦力で倒すなんて無謀《むぼう》を通り越して不可能である。

もう何も失いたくない。そう思ったアハズヤは調べた。

大災厄を倒《たお》す可能性を求めて、アジトにあった文献を調べまくった。
そんな執念《しゅうねん》の末に見つけた一つの希望。
入手したのは一枚のページに『二』と書かれた紙きれ。
彼女にとって、その紙は正に神からの贈物《おくりもの》だった。
「部下の報告によると、封印の更《さら》なる解放が確認された。ということは……」
アリア姫達《ひめたち》が指輪を入手した事を意味する。
つまり大災厄との決戦は、もう間近まで迫《せま》っているのだ。
そろそろ動かなければいけない。
全てを終わらせる為に、そして何よりも。
「世界で一番大切な家族を守る為に、私は……」
彼女はベッドから立ち上がる。
その双眸に覚悟《かくご》の色を宿して。

①

「おお、オレの部屋に観葉植物が！」

「絶妙《ぜつみょう》に邪魔《じゃま》にならない位置に生えているのが、なんか面白《おもしろ》いよね」

木が家の中に出現するようになって数日が経過。

その結果遂にオレの部屋にも、こぢんまりと床《ゆか》に生えるようになった。

パッと見は、どう考えてもインテリアにしか見えない。

正直言って放置しても全然問題ないのだが、我《わ》が家《や》専属の〈精霊の木〉絶対許さないマンことトレントは、犬のように嗅《か》ぎ付け除去する。

「頑張《がんば》ってくれているのは嬉しいんだけど大丈夫かな？」

「え？　なにが？」

木を粒子に変換《へんかん》し吸収するトレントを見て、詩織《しおり》が心配そうな顔をする。

理解できずにオレが首を傾《かし》げると、普段《ふだん》から庭の手入れをしている彼女はこう言った。

「だって花とか木は、栄養を取り過ぎると枯《か》れるんだよ。もしかしたら、頑張りすぎるとあの子の身体にとって毒になる可能性が……」

「うーん。でもモンスターって、そういうリアルの仕様が適応されているのかな？」

「それは分からないけど、でも休まないで働く姿は見ていて不安になるっていうか。どこかの誰かさんを思い出すというか」

「だ、誰のことかなぁ……」

ジッと周囲の視線が集中して、オレは冷《ひ》や汗《あせ》を浮《う》かべながらテーブルに着いた。

クロはともかく、対面に腰掛《こしか》けている師匠は恐ろしいくらいにガン見する。

「バカ弟子《でし》、無理するなよ」

「……師匠、最近は無理をしてないんだけど」

「ム　リ　す　る　な　よ」

「ア、ハイ……」

「それと何かあったら話せ。オマエはあの世界では最も重要な存在だ、それがたとえ夢の中でも無視することはできない」

「そうよ、もしも危ない神様で危ない取引を仕掛《しか》けてきたらどうするのよ」

「すみません、気を付けます……」

有無《うむ》を言わせない師匠と詩織の圧に、オレは頷くしかなかった。

先日の夜に戻って神殿であった事を全て話したのだが、師匠はハルトさんの件よりも夢の中でアスオンの神に会った事に驚いていた。

なんせ神ということは、あの世界を運営する者。

忘れていた件については厳重に注意されてしまったが、彼女《かのじょ》が口にした全ての大災厄を倒すことで願いを一つ叶える話はハルトさん達を助けるには必要不可欠だ。

未《いま》だイルに再度接触《せっしょく》はできていないけど、一度夢の中で会えたのだ。もう一度会う事も不可能ではないはずだ。

問題は此方《こちら》の世界にいる神、エルに接触しなければいけないこと。

どうやってアポ取ったら良いんだろう。検索《けんさく》したら分かるのかな。

全員が席に着くと、朝食を取りながら先《ま》ず昨日の件について語った。

「私の読み通りハルト達が〈アストラル・オンライン〉の中で確認できてよかった。鎧の件は会った際に私からも奴を叱《しか》っておく」

「師匠、クロから怒られてへこんでいるから、そこはお手柔《てやわ》らかに……」

中々見せない冷淡《れいたん》な笑《え》みに、オレは背筋に冷たいものを感じた。

ハルトさん、恐らく半殺しにされるのではないか。ちなみに鎧の話に関しては、クロもご立腹なので異論はない様子。

「蒼空《そら》達はヤツと一緒《いっしょ》に無事に帰還してくれ。私達もこの後ログイン次第《しだい》〈エアリアル国〉に向かおうと思う」

「本当に助かるよ。オレ達だけじゃ〈暴食の大災厄〉を倒すには手札が足りないと思っていたからさ」

精霊《せいれい》達の軍とオレとクロの天使化に〈クイーン・オブ・フライ〉を倒した師匠とシオが

率いる冒険者《ぼうけんしゃ》の上位クラン達。

今はレベル150のハルトさんが加わり勝率はより上がったと思う。

ただ一つだけ、やはり不確定要素は宝玉を手にしたアハズヤか。

彼女の立ち回り次第では、状況はどう転がるか分からない。

共に冒険《ぼうけん》をした際に、アリアを大切に思っていた姿を信じるのなら良い方向に向かってくれると信じたいところだが……。

「ソラ、なに悩《なや》んでいるの？」

「え？　いや、なにも悩んでないよ」

「むー、ウソだ。隠《かく》しごとはしたらダメって、今言われたばかりだよね」

「隠しごとなんて、そんなことは……」

「ずっとソラの横で見ていたんだから、雰囲気《ふんいき》で何を考えているのかは分かるよ」

顔には全く出していなかったのに、そんな微細《びさい》な部分で気付いたのか。

だがこの件に関しては、彼女に語るのは大いに憚《はばか》られる。

オレと同じくクロは、アハズヤと親しくしていた。

もしかしたら〈闇の信仰者〉で裏切り者かも知れない。そんな暗い話をしてしまったら、
果して彼女の心は耐《た》えられるのか。

この件に関しては、自分も呑《の》み込むのは容易ではなかった。

せっかく父親と再会して幸せに浸《ひた》っているのに、その笑顔を曇《くも》らせてしまうような話なんてしたくない。

そんな思いが胸中を占《し》めてなにも言えなくなる。

頭の中はエラーを吐いて、答えの出せないオレはフリーズしてしまった。

すると足に何かがしがみ付いてくる。気になって下を見ると、そこには我が家のシロを頭に乗せたトレントがいた。

……もしかして、心配するなって言っているのかな？

ジッと見つめる異色のコンビ。

彼等の純粋《じゅんすい》な眼差《まなざ》しを向けられたオレは、なんだか不思議と気が緩んでしまう。

そうだな。ずっと独りで抱《かか》えていても、しょうがない悩みだ。

覚悟を決めたオレは、見守ってくれているクロ達に向き合った。

「えっと、これはあくまでオレが見て気づいた事なんだけど。実は〈ティターニア国〉で敵の襲撃《しゅうげき》を受けた際に……」

――みんなにオレは〈ダーク・シューペリアナイト〉に関して一から全てを語った。

ただ一応これは自分の視点であって、事実は異なる可能性がある事を含《ふく》めて。

全てを聞いた彼女達は、全員シーンと黙《だま》ってしまう。

先に口を開いたのはクロだった。

「もー、なんでそんな大事なこと黙ってたの？」

「え……いや、混乱させちゃうかなと思って……」

「もっと早く言ってくれたら良かったのに」

「面目《めんぼく》ない……」

お叱りを受けて、これにはオレも頭を下げるしかなかった。

ぷんぷん怒《おこ》るクロは、足元にいるトレントを抱き上げると。

「大丈夫だよ、そんなに不安に思わなくて良い。アハズヤさんはアリアのお姉さんだから、裏切ることは絶対にしないよ」

「なんでそう言い切れるんだ。ゲームだと親しい身内が裏切るのはド定番の一つ……」

「アスオンは普通のゲームじゃないよ」

彼女は真っ向からオレの言葉を否定した。

「わたしは色んな人達を見てきたけど、少なくともあの人はそんな事はしないって断言できる。アリアの事を大事に思ってなかったら、あんなに頑張って助けたりしないよ。それはソラも良く知っているよね」

「クロ……」

どこまでもクロは、アリアの姉であるアハズヤの事を信じるスタンスだった。

疑う気持ちなんて欠片《かけら》も抱いていない。

むしろ放たれる言葉の一つ一つに、確かな説得力が込められている。

真っすぐで純真な姿、オレには余りにも眩《まぶ》しかった。

「……ふ、勝負あったな」

「お兄ちゃんの負けね。私は黎乃《くろの》ちゃんを信じるわ」

「ああ、私も黎乃の言葉を信用しよう」

「師匠、詩織……」

師匠は可笑《おか》しそうに口元を隠し、詩織はにこやかにジャッジを下す。

敗北が決まったオレは、もうお手上げ状態となった。

こうなったら、彼女が信じるアハズヤの事を信じるしかない。

「まったく、クロは強いな……」

「わたしも色々あったからね。悪いことをする人は絶対に、あんな優しい目はしないよ」

「それが言えるだけですごいよ。……オレには無い心の強さだ」

——相手の事を心から信じる。

オレが失ってしまった強い心、それを持つ彼女を少し羨《うらや》ましいと思った。

この心があれば性転換《せいてんかん》した事を、親友二人に言うこともできるのに。

数年前に受けた心の傷は、まだ完全に癒《い》えていない。

信じていた人達《たち》が一回の失敗で反転し、世界最難関に挑《いど》んで失敗したオレ達に期待を裏切ったと非難してきた地獄の光景。

あれ以来オレは傷つきたくないと、無意識に逃《に》げるようになってしまった。

思考をロックして、他人を本当の意味で信じる事を止めてしまった。

アリア達を除けば、クロは唯一《ゆいいつ》の例外だった。

最初は友人がいない可哀《かわい》そうな子だからと友人になったけど、一緒に旅をしている内に今ではなくてはならない存在となっていた。

安心して背中を任せられる相棒が言うのだ。

ここで信じなければ、オレは誰も信じられなくなる。

「わかった、オレもアハズヤ副団長を信じるよ」

「うん、信じて」

クロの笑顔を見ていたら、不思議と温かい気持ちに満たされる。

じっと見ていると、何だか頬《ほお》が熱くなってきた。

あれあれ、なんだこの感情は……。

彼女の事を直視できなくて顔を反らす。

自分でも理解できない感情と行動に、頭の上にはクエスチョンマークが浮かぶ。

するとこの光景を黙って見ていた詩織と目が合った。

妹は少しだけ頬を膨《ふく》らませて不機嫌《ふきげん》な目をしていた。

余りにも不穏な気配がして、オレは詩織にどうしたのか尋ねるが。

「詩織さん、なんか目が怖《こわ》いですよ？」

「……気のせいじゃない」

「いや、どう見ても気のせいじゃないかと」

「ふん、知らないわ。お兄ちゃんのばーか」

あれ、ナチュラルに罵声《ばせい》を言われたぞ。

どう見ても不機嫌だが、詩織はそっぽを向いてしまう。

クロも理解できていないのか、詩織の反応に首を傾げる。

その一方で師匠は、ずっと苦々しい顔をしていた。

②

会議が終わると、いつも通り自室に戻った。

「さて、それじゃログインしようかな」

「うん、いよいよ帰還だね」

「……って、なんでクロはナチュラルにオレの部屋に来てるんだ」

「え、だって最近いつも一緒にログインしてるから」

当たり前のように、VRヘッドギアを手にベッドに腰掛けている相棒。

その恰好《かっこう》はロングパーカー一枚。無防備に寝転《ねころ》がり裾《すそ》から白い布を覗《のぞ》かせる姿を見ると、兄弟子《あにでし》として何とも言えない感情が込み上げてきた。

「あのさ、パンツ見えてるぞ」

「……み、見る方が悪いんだよ」

「はいはい、はしたないぞレディ」

兄弟子として、同じ女性の身体を持つ者として一喝《いっかつ》する。

クロは渋々《しぶしぶ》といった感じで服装を正した。

ただ追い出すのは可哀そうなので、横に並んでVRヘッドギアの準備をする。

……なんだか視線を感じる。隣《となり》を見たらVRヘッドギアを手にした状態で止まっている彼女と視線が合った。

「なにかオレの顔に付いてる？」

「……ううん」

首を横に振《ふ》って否定されてしまった。

なにも付いていないのなら、ガン見する理由はなんだろうか。

睨《にら》めっこなら負けんぞ、と変顔をしてみたらクロは「ぶふっ！」と急に吹《ふ》きだして呆気《あっけ》なくオレが勝利してしまった。

「ち、ちょっと！　急に変な顔しないでよ！」

「え？　睨めっこじゃなかったのか？」

「……違《ちが》うよ。ソラはまったく緊張《きんちょう》しないんだなって思っただけ」

「そういうことか。そりゃ世界なんてゲーム内で何度も救ってきたし、現実世界もヤバいけど要は負けなければ良いんだからな」

これればかりは圧倒的《あっとうてき》な経験値の差だった。

特にフルダイブ型のボスはプレッシャーが半端《はんぱ》ない。

初心者だった時なんてオレは、ログインするまで腹痛がヤバくてトイレを往復していたし、その前日は緊張して眠れなかった。

気持ちはよくわかるので、オレは一つだけアドバイスをする。

「本当にヤバそうなら、緊張を上回ることをしたら良いんじゃないかな」

「緊張を上回ること？」

「オレは初期の頃《ころ》、バンジージャンプのフルダイブゲームで気合を入れてたな。何度も飛び下りていると、緊張がなくなるからオススメだぞ」

「バンジーはちょっと無理かも」

「それならクロが、一番ドキドキすることしたら良いんじゃない？」

「わたしにとって……」

その言葉を呟《つぶや》いた後、クロは顔を真っ赤に染めてオレに向かって両手を広げた。

一体どんな事をするのか、自分は黙って彼女の行動を見守る。

そうしているとクロの口元が、段々とへの字に変化していく。

なんとなく不機嫌になった事は理解できた。

だけどその原因が分からなくて、オレは首を傾げた。

「クロ、なんでムスッとしてるんだ」

「むー、まだ分からない？」

「ごめん、まったく分からない」

「さっき一番ドキドキすることをしたら良いって言ったよね。だからソラを抱き締《だし》めようと思ったの！」

「なるほど、そういうことか……」

まさかこんな解消法を選ぶなんて予想外だ。

クロはさっさと来いと言わんばかりに、困るオレの顔を見つめていた。

「流石《さすが》にオレも恥《は》ずかしいんだけど」

「わたしの方がドキドキしてるもん……」

なら止めたら良いのでは、そう思うけど彼女は広げた手を戻す気配がない。

いつも抱き締める時は全く意識していなかった。こうやって逆の立場になると、かなり恥ずかしいことをしていたんだなと思い知る。

「えっと……」

「もう、じれったい！」

「うわっ⁉」

躊躇《ためら》っていると、クロが自らダイブしてきて思いっきり抱き締めてくる。

ベッドに押《お》し倒され、頭に両手が回されて顔を胸に埋《うず》める形となる。

女の子の匂《にお》いに包まれて心地《ここち》よい感覚とか羞恥心《しゅうちしん》とか、様々な情報が一気に頭の中に押し寄せてきてバグりそうだった。

抜《ぬ》け出そうと思い、クロの腕《うで》を掴《つか》もうとしたら。

彼女は更に両腕に力を込めて、絶対に離さないようにした。

耳に聞こえるのは、緊張して大きく脈打つ心臓の鼓動《こどう》。

仕方ないと思い、オレは温かい腕の中に身を委ねた。

「……ソラ」

「……なんだ」

「パパを助けてくれて、ありがとう」

「どういたしまして」

感謝の気持ちを受け取り彼女の背中に両手をまわして、お互《たが》いに抱き締め合う形になる。

それから数分後にクロの緊張が解けると、オレ達はログインした。

③

先日訪《おとず》れた〈古《いにしえ》の墓森《はかもり》〉にある安全エリア。

オレの意識は、見慣れたテントの中で浮上する。

「ふう……。いよいよ決戦の日か」

身体《からだ》を起こしたら隣には、アリアがネグリジェ姿で寝転がっていた。

それも寝相《ねぞう》が悪いため、色々と王女様として宜《よろ》しくはない格好になっている。少なくともアハズヤが見たら呆《あき》れる程度には。

本日は下手すると決戦になる。

無理して彼女を起こさず、オレはジッと眺《なが》める事にした。

「それにしても大きいな……」

師匠に指導されて最近身体を自分で洗う際に見るようになったから、改めてアリアのソレの凄《すご》さに注目してしまう。

まな板レベルではないが、彼女に比べたらオレは貧相《ひんそう》だ。

どちらが母性を感じるかアンケートを取ったら、確実にアリアがぶっちぎりで一位を取るのではないかと思う程に。

「……そういえば、オレって好みのサイズって考えたこともないな」

待ちながら、そんな事を考えてみる。

アリアみたいなサイズも良いし、クロみたいな平均的なサイズも悪くはない。

優劣《ゆうれつ》は付け難《がた》いので片方を選べと言われたら、回れ右をして逃げるしかないけど。

そんなアホな事を考えていたら、クロがログインしてきた。

「ソラ、なにか変わったことあった?」

「ううん、異常なし」

「あれ、アリアはまだ寝《ね》てるの」

「ああ、もしかしたら最終決戦になるかもだし、まだ寝かせてる」

「……そうだね」

オレの言葉にクロも頷《うなず》く。

ログインする前に確認したスマートフォンに表示された【汚染《おせん》ゲージ】は現在八十パーセントまで進行している。

師匠《ししょう》も先日の夜以降〈精霊の森〉から異様な圧を感じているらしく、封印《ふういん》の崩壊《ほうかい》が進んでいる可能性が高いと教えてくれた。

タイミングから推測するに、オレ達が指輪を回収した頃だと思われる。

これは偶然《ぐうぜん》とは考えにくい。たぶんクエストを進めると、それに応じて大災厄が解き放たれるのが早まるんじゃないかな。

ゲームのシナリオというのは、大抵《たいてい》そういうものなので驚《おどろ》きはしない。

どれだけ頑張っても、ギリギリになってしまう。

無論こんな話は、クロやアリアには絶対にできないが。

「ふぁ……クロさまだ……」

「ふぇぇぇぇぇぇぇぇ！？」

並んで座《すわ》っていたら、不意に起きたアリアが寝ぼけてクロを抱き締めた。

「ふえええええええええ⁉」

大きな胸に顔が埋まる光景は、なんというか凶器《きょうき》だと思った。

クロは手足をバタバタさせながら悲鳴を上げる。

「ちょ、そこはソラじゃないの⁉」

「オレはさっき、クロにしてもらったからさ」

「たすけてーっ！」

「……うん、ごめん。がんばってくれ」

巻き込《こ》まれたくないので、今回もクロに任せてテントの外に出る。

朝日に照らされる安全エリア。彼女の父親ことハルトさんは、以前所持していた鎧《よろい》を身に着けてマグカップを片手に待機していた。

その姿が一瞬《いっしゅん》だけ、以前一緒に旅をしていたアハズヤの姿に重なる。

「……おはようございます」

「おはよう、ソラ君。……クロと王女は？」

「クロは寝ぼけてるお姫様《ひめさま》の相手をしてます」

「なるほど、どうやら王女は寝起《ねお》きが悪いみたいだね」

「ハルトさんは、ぐっすり眠《ねむ》れましたか」

「ああ、おかげさまで。久しぶりにポーションの効果時間を気にしないで眠ったよ」

「効果時間ってどのくらいだったんですか？」

「大体一時間くらいだ。最低でも三十分前には飲む準備をしてたかな」

「うーん、長いような短いような」

戦闘《せんとう》時間だけで考えたら一時間も状態異常を弾《はじ》けるのは壊《こわ》れ性能だが、定期的に摂取《せっしゅ》する事を考えるとメチャクチャ心もとない。

睡眠《すいみん》も三十分前後しか定期的にできなかった事を考えると、その精神的疲労《ひろう》はオレには想像することもできなかった。

「それを一年近く繰《く》り返していたからね。……まぁ、自業自得《じごうじとく》だったしクロと妻の事がずっと気がかりで、そもそも眠れなかったんだけど」

「……二人が再会できて良かったです」

「ありがとう。それにしても、キミも厄介《やっかい》な呪《のろ》いを抱えてしまったな。魔王《まおう》を倒すまで性別が反転するなんて生活が大変だろう？」

「師匠のスパルタ指導でだいぶ慣れましたよ」

「ハハハ、シグレは昔から鬼《おに》のように厳しいからな。従妹《いとこ》だから容易に想像できるよ」

自身と身内には厳しい師匠。

彼女の指導にあった仲間同士、この話題には共感しかなかった。

「それにしても、まさか魔王の呪いを受けると現実でも女の子になるとは。キミも私に負けず劣《おと》らず厄介な事件に巻き込まれたね」

「最初の内は戸惑《とまど》いましたけど、もう少しずつ慣れてきましたよ」

「そうか、流石は朝陽《あさひ》さんの息子《むすこ》だ」

朝陽とはオレの親父《おやじ》の名前だ。

ハルトさんは長い付き合いで、オレが赤《あか》ん坊《ぼう》だった頃は遊びに来ていたらしい。

まさかそんな繋《つな》がりがあるなんて驚いたが、クロはハトコなのである程度の交友があっても不思議ではないのか。

そんな事を考えていると、にぎやかだったテントが開いた。

「……と、二人とも準備が終わったみたいだね」

テントからやや疲弊《ひへい》した様子のクロと、申し訳なさそうな顔をしたアリアが出てくる。

クロは恨《うら》めしそうに、オレを半目で睨んだ。

「ソラのばーか」

「ごめん、でも下手に巻き込まれて場が混乱するよりは良いだろ？」

「ふーんだ、しばらく口利《き》いてあげないんだから」

ふくれっ面《つら》で、クロは明後日《あさって》の方角を向く。

「おやおや、これは相当ご立腹みたいだね」

「わ、わたくしが悪いんです。また寝ぼけてクロ様を抱き枕《まくら》にしてしまったから……」

「王女、誰《だれ》にも欠点はありますから、どうしても直らないのはしょうがありません。問題は不機嫌にさせた後に、どうやって挽回《ばんかい》するかです」

チラッとハルトさんはオレを見る。

クロの怒りは自分にしか向いていない。

どうにかするのは、オレの役目と言いたいんだろう。

でもレアアイテムに釣《つ》られるオレと違って、クロに提示できるものはない。なにを言われるかは分からないが、ここは彼女の裁定に身を委ねることにした。

「えーっと、なんでも一つだけ言うこと聞くよ」

「それじゃ、今度二人きりで遊びに行ってくれる？」

「そんなことで許されるなら、よろこんで」

「……うん、許す」

思いの外すんなり終わって、ちょっと拍子抜《ひょうしぬ》けだった。

ニコニコ笑顔にもどったクロに、隣でアリアが羨ましそうな顔をする。

「むー、わたくしもソラ様とデートがしたいです」

「デート？　デートなのそれって？」

「わ、わたしに聞かないでよ！」

「二人きりなんですから、どう考えてもデートじゃないですか」

妹と二人で買い物に行く感覚なのだが……。

指摘《してき》されたクロは、隣で顔を耳まで真っ赤に染める。

「ふふふ、青春だな……」

「ハルトさん、デートって聞いて反対しないんですか」

「……恩人のキミなら私は全然かまわない。結婚《けっこん》するのなら私とのPVPで勝たない限り、絶対に許すつもりはないけど」

最後のラインは絶対に守るという事か。

クロと結婚する未来は、全く想像したことがないので返答し辛《づら》いけど。

そんなやり取りをしながらテントを片付けたオレ達は、いよいよ〈エアリアル国〉に向けて出発する準備を終えた。

国に戻《もど》ったらやることは沢山《たくさん》ある。

シルフ女王に報告して、ガスト団長に不在の間どうだったか聞いて、そしてなによりも半壊《はんかい》してしまったクロの〈夜桜〉の修理だ。

最近資金は使うことが少なかったので、それなりに貯《た》まっている。

修理費用くらいなら、オレも出せばそこまで痛くないだろう。

そう考えていると、ハルトさんが歩み寄ってきた。

「ここを出る前に、クロに渡《わた》しておきたい物があるんだ」

「渡しておきたい物？」

彼《かれ》がストレージから取り出したのは一振《ひとふ》りのカタナだった。

差し出されたカタナを、クロは両手で受け取る。

綺麗《きれい》な刀装具の柄を握《にぎ》り、黒塗《くろぬ》りの鞘《さや》からゆっくり刃《やいば》を抜いた。

日本刀固有の尖《とが》り互《ぐ》の目波紋《はもん》、その芸術品のような洗練された刀身は日光の反射で鮮《あざ》やかな藤色《ふじいろ》に輝《かがや》いていた。

カタナから感じる圧は、オレの〈シルヴァ・ブレイド〉よりも強い。

彼女はその刀身に見惚《みと》れて綺麗だと呟く。

「パパ、これは……」

「名前は黎乃の名前を冠《かん》した〈黎明《れいめい》〉。私とアリサがこの地で精霊《せいれい》王の依頼《いらい》で復活した災《さい》厄《やく》を倒した際に、報酬《ほうしゅう》で貰《もら》ったレア武器だよ」

「わたしが貰って良いの？」

「もちろん、受け取ってくれ」

「パパ、ありがとう！」

嬉《うれ》しさの余り、クロはハルトさんに抱き着く。

その姿を眺めながら、オレはふと気づく。

ハルトさんと奥《おく》さんの二人で災厄を倒した？

もしかして、アハズヤの言っていた冒険者とはクロの両親ではないか。

ベータプレイヤーが閉《と》じ込められたのは去年だが、その直後にゲーム内の時間は数年単位で経過している。

ということは二人が当事者であっても、まったく不思議ではなかった。

「ハルトさんは、災厄を倒した時に女の子を助けましたか？」

「ああ、そうだ。その時に私達はアハズヤという女の子を助けたが、それがどうかし……」

「ハルト様が伝説の冒険者だったんですね！」

この話題にアリアが、目を輝かせて食いついてきた。

「わたくし、なんどもアハズヤ姉様からお話を聞かせてもらっていました！　こうしてお会いできて光栄です！」

「……どうやら、あの時の女の子は無事に成長できたみたいだな。助けた時は不穏《ふおん》な感じだったから、すごくほっとしたよ」

握手《あくしゅ》を求めるアリアに、ハルトさんは気圧《けお》されながらも応じる。

彼の口から出た聞き捨てならない情報を、オレは無視することができなかった。

「不穏な感じだった？」

「それが助けた時から、彼女はずっと謝罪していたんだよ」

「謝罪って何に？」

「残念ながら私にも分からなかった。ただずっと、ごめんなさいって謝《あやま》っていたんだ」

一人逃げたことに対しての謝罪なのか。

それとも別の意味の謝罪なのか。

これはアハズヤの謎《なぞ》を解く上で、重要な情報ではないかと直感が告げる。

……謝罪か、ゲーム的にこの情報はなんか不穏な気がする。

長年のゲーマー感覚が〈エアリアル国〉に急げと警鐘《けいしょう》を鳴らしている。

不安を抱えながらオレは、クロ達と出発した。

④

医務室から上空を観察していたアハズヤは、異常にいち早く気付いた。

「上空に不自然な曇りが生じているな。これは恐《おそ》らく……」

もうすぐ大災厄が復活するかもしれない。

異様なプレッシャーを感じる。

ストレージに隠し持っている宝玉が、脅威《きょうい》を感知するように点滅《てんめつ》していた。

悠長《ゆうちょう》にしている時間はない。そう判断した彼女は気分転換《てんかん》に外に出ると〈僧侶《そうりょ》〉の精霊女医に伝えて医務室の外に出た。

今の城内には最低限の警備と、メイド達の姿しかない。

ガストを筆頭にほとんどの戦力は、現在城の外で出陣《しゅつじん》の準備をしている。その理由は〈封印の地〉で、いつ大災厄が復活するか分からない状況下《じょうきょうか》だからだ。

故にいつでも戦えるように、彼等は来るべき時に備えている。

その判断は間違《まちが》っていない。

体感的には恐らく、今日か明日にも封印は破れる。

少なくとも最近観察していた宝玉の反応からは、そんな雰囲気を感じる。

「副団長！　こんな所で何してるんですか！」

人気のない廊下《ろうか》を歩いていると、巡回《じゅんかい》している青年に声を掛《か》けられた。

名前は確か、オーウェンだったはず。今年入ったばかりの新人で技術は平均的だが、真面目で病気の妹を一人で養っていると聞いている。

彼は目の前で足を止めると、綺麗な敬礼をして見せた。

「副団長、怪我《けが》の具合はもう大丈夫《だいじょうぶ》なんですか」

「ああ、もう大丈夫だ。これからシルフ様に報告に行く」

「あまり無理しないで下さいよ。長いこと〈封印の地〉で敵勢力を相手にしながら監視《かんし》を行っていたんですから、今はゆっくりして下さい」

「気遣《きづか》い感謝する。だがこれは急ぎの用なんだ」

「分かりました、倒《たお》れそうになったらすぐに近くの兵に言ってください。貴女《あなた》は昔から部下には寛大《かんだい》なのに、自身には厳しすぎなんですから」

「ふふ、肝《きも》に銘《めい》じておくよ」

アハズヤは、そう言って彼と分かれて城内を進む。

歩きなれた通路なのに、一歩一歩前に進む足が重く感じる。

この先に進むことで、もう引き返すことができないと理解しているからなのか。

「……未練、というヤツかな」

自嘲《じちょう》気味に笑い、アハズヤは前に進む。

沢山の未練を進む度《たび》に、自身から引きはがしながら。

そして宝玉に導かれ、遂《つい》に見慣れた王の間に到着《とうちゃく》する。

そこで待っていたのは、決戦用の装束《しょうぞく》に身を包むシルフ・エアリアルだった。

彼女《かのじょ》は自身の玉座に座り、傍《かたわ》らには兵達の指揮を執《と》っているはずのガストが長剣《ちょうけん》を手に待機していた。

まるで待ち構えていたような重圧を纏《まと》い、二人はアハズヤを見下ろす。

ガストと会話をした時から、なんとなくこうなる事は想像できていた。

頭の中に情報をリークした人物が脳裏《のうり》によぎる。

間違いなく〈洞察《どうさつ》〉の目を持っている天上の冒険者ソラだろう。彼女には片腕《かたうで》を欠損したのを見られているし、抵抗《ていこう》する為《ため》に出した剣《けん》も見られている。

やはりままならないものだ。

そう思いながらアハズヤは王の間に立ち入る。

過去に何度も足を運び、温かさを感じていた部屋はとても冷たかった。

ガストが苦悩《くのう》しながらも警戒《けいかい》している姿に、内心苦々しく思いながら足を止める。

距離《きょり》はおよそ十メートル程度、ここがギリギリのラインだ。

まるで敵対者と相対するような状況で、アハズヤは跪《ひざまず》き彼女達に告げた。

「もう数刻の内に〈暴食の大災厄〉は封印から解き放たれます」

「……………そうですね。この森を覆《おお》う悪意は、もう封印では押さえられない程《ほど》に密度を増しています」

報告を聞いたシルフは頷く。

アリアに比べたら弱いが彼女も巫女《みこ》の性質を持っている。故に大災厄に関して詳細《しょうさい》までは分からないけど、感じとる程度なら可能だろう。

「シルフ女王、封印を直《じか》に見てきた感想を述べます。復活した大災厄《だいさいやく》とぶつかれば、精霊の兵には多くの犠牲者《ぎせいしゃ》がでます。下手をしたら、投入した者達は全員帰還《きかん》できない可能性が高いでしょう」

「つまり貴女は、なにが言いたいのですか」

鋭《するど》い目で見据《みす》えられるが、シルフの瞳《ひとみ》の奥に敵意は感じられない。

貴女のことを信じたい、そんなニュアンスを感じとれた。

自分が記憶《きおく》している限り、彼女にこんな目を向けられたことはない。

新鮮《しんせん》な感覚だと思いながら、アハズヤは腹を括《くく》って口を開いた。

「戦いの犠牲を、一人で済ませる方法があります」

「犠牲者を一人で……？」

「アハズヤ、オマエはなにを言っているんだ」

流石に黙っていられなかったのか、ガストが驚いた顔で口を挟《はさ》む。

何も知らない彼女が頭の中で想像したのは、恐らく巫女であるアリアだろう。

彼女が命と引き換《か》えに再封印したら、犠牲は最小限に済むのは事実。だがそれには敵を弱らせるという、どれだけの犠牲がでるのか分からない戦いが必要だ。

他に道があるのを知らないのだから仕方がない。

自分もコレを見つけるまでは、西に東に走り回っていたのだから。

「もちろん、アリア姫《ひめ》の事ではありません」

「ならば、オマエは何を……」

「それを成《な》し遂《と》げるためには〈精霊の宝玉〉が必要です。ここにあるんですよね、隠《かく》していても私にはわかります」

ストレージからアハズヤは自身の罪の証たる〈妖精《ようせい》の宝玉〉を取り出す。

宝玉は淡《あわ》い光を放ち、シルフを指し示した。

「やはり、二つの宝玉は互いのありかを教えるんですね。隠さずに私が所持する事にして正解でした」

険しい顔でシルフが右手に、翡翠《ひすい》色に輝く宝玉を出現させる。

長く求めていた最後のピースを前に、アハズヤは立ち上がり一歩だけ前に踏《ふ》み出した。

「足を止めろ、アハズヤ。今それ以上近づくのは許さん！　その宝玉は〈ティターニア国〉を襲撃《しゅうげき》し、騎《き》士団長《しだんちょう》ギオルに手傷を負わせた犯人である証拠《しょうこ》だ！」

長剣〈エアリアル・ソード〉を抜いて、ガストが最大限の警戒を見せる。

だが武器を持つ手は、小刻みに震《ふる》えていた。

彼女らしくない。旦那《だんな》を傷つけた目の前にいる自分を敵と認定《にんてい》しきれなくて、いつもの鋭い眼光には若干《じゃっかん》の陰《かげ》りが生じている。

冷静に状況を分析《ぶんせき》し、隻腕《せきわん》で彼女を制圧するのは無理だと判断した。

オマケに隣にいるのは、弓の名手である女王シルフだ。

姉のような存在である彼女《かのじょ》も、宝石のような瞳に苦悩が垣間見《かいまみ》える。

友人と恩人である彼女達《たち》にこんな顔をさせるのはとても心苦しいが、二人が最も愛するアリアを失うよりはましだと眦《まなじり》を吊《つ》り上げた。

自分には守りたいモノがある、それはアリアだけではない。

この二人を同時に相手したら敗北は必至だが。

「……戦いでは私に勝ち目はありませんが、目的は相手を打ち倒すことではありません。それならば、私にもチャンスはあります」

「まさか……!?」

慌《あわ》ててシルフが宝玉を守ろうとするが、その行動は無意味だ。

アハズヤは右手に持つ〈妖精の宝玉〉を前に翳《かざ》す。

すると二つの宝玉は共鳴し、再び一つに戻らんと片方を引き寄せた。

引き寄せられたのはシルフが持っていた〈精霊の宝玉〉だった。

宝玉の力を引き出す術を持つアハズヤは、彼女の手から強制的に奪《うば》い取る。

二つの宝玉は手の中で一つに融合《ゆうごう》し、精霊と妖精二つの風が中で渦巻《うずま》くエンブレムを浮《う》かび上がらせた。

頭の中に流れてくるのは宝玉の使用方法。

そこにはアハズヤが探していた希望があった。

これで最後の目的は達成した。もうこの国で、自分がやるべきことはない。

――いや、一つだけやらなければいけない事がある。

それは恩師であり、大切な友人である彼女に謝罪すること。

「……ガストさん、ギオル団長に刃を向けた事を心よりお詫《わ》び申し上げます」

宝玉を手にした自分を、二人は驚愕《きょうがく》の目で見つめる。

「今までお世話になりました」

深々と頭を下げて、アハズヤは背を向けて駆《か》け出す。

ワンタッチで〈隠蔽《いんぺい》〉の効果が付属するローブを装備。

隠れていた四人の近衛《このえ》兵《へい》が捕獲《ほかく》しようと立ちはだかるが、アハズヤは宝玉で風を操《あやつ》り彼等をまとめて吹っ飛ばす。

二人は追い掛けようとするが、その行動は間に合わない。

彼女は城の最上階から飛び降り、宝玉の力で空中を飛翔《ひしょう》した。

「まって、アハズヤ！」

「オマエは、まさか！」

シルフとガストの叫《さけ》びを聞き、言葉ではなく微笑《ほほえ》みで返答する。

空中を舞《ま》うアハズヤは前を向き、そのまま森の中に消えた。

⑤

ハルトさんが加わった事で、戦闘はすごく楽になった。

なんせ彼のレベルは150。大剣《たいけん》の一振りで雑魚《ざこ》モンスターは死ぬ。

来る頃よりハイペースで進み、オレ達《たち》は城が見える所まできた。

「クロもポイント振っておきなよ」

「うん、今回は〈戦意高揚《こうよう》〉を進化させようと思ってるの」

「ステータス強化のスキルか、無難で良いチョイスだな」

つい先程《さきほど》〈フォレストベア〉を倒したことで、オレはレベル『52』に上がった。

現在ストックしているジョブポイントは『48』。最終決戦に向けて『25』を使い、ここで中級スキルを一つ上級に進化させる事にした。

「うーむ、オレはどれにするかな」

リストと睨めっこをして、その中で四つをピックアップする。

やはり普段使《ふだんづか》いを考えるのなら、ド安定の『攻撃《こうげき》』『防御《ぼうぎょ》』『敏捷《びんしょう》』の付与《ふよ》スキル。

バアル系が総じて風属性に弱いことを考えると、そっちを上級にしても良い。

ちなみにルシフェルに上級で追加されるスキル効果を聞いてみたのだが、どれも『一度使用したら二十四時間は使用不可になる』と解説された。

効果の詳細は以下の通りだ。

〈グランドストレングス〉：三分間攻撃力を二倍にし硬直《こうちょく》しなくなる。

〈グランドプロテクト〉：全ダメージを一度だけ無効にする無敵効果が付与される。

〈グランドアクセラレータ〉：三分間速度が二倍になり、スキルクールタイムがゼロになる。

〈グランドウィンド〉：三分間風を纏い土属性に対する特効ダメージと、受けるダメージを半減する風のシールドが付与される。

……正直、どれも欲《ほ》しくて非常に悩《なや》んだ。

単純な攻撃力の強化と硬直しなくなる効果か、全ダメージを一回だけゼロにする効果か、戦いにおいてなによりも大事な速度強化の効果にするか。

残念ながらアクセラレータの短縮効果は、この追加スキルには適用されないらしい。

もしもできたら、無限に使用できるから選んだのに。

「うーん、どれも非常に捨てがたい内容だな」

正直に言って、全部取りたいけどポイントが足りない。

冷静に考えて、ジョブポイント四倍の恩恵《おんけい》を受けているオレが足らないって意味不明すぎるが、実際そうなのだから〈付与魔術師《ふよまじゅつし》〉は恐ろしい。

「……よし、決めたぞ」

今回オレは悩みに悩んで、この中から〈エンチャント・ハイウィンド〉を上級スキルに進化させる事にした。

効果を見たら分かるが、これ一つで攻撃と防御のダブル強化ができるのだ。

魅力的《みりょくてき》なサブ効果も捨てがたいが、やはりド安定は弱点を突《つ》きダメージを抑《おさ》える事。

その二つをクリアできる属性スキルは、決戦でオレ達の大きな力になってくれるはずだ。

「これで決戦に向けてオレの準備は万全《ばんぜん》だ」

「……ふむ、ベータプレイヤーにも一人だけ〈付与魔術師〉はいたけど、彼女はMP特化の後衛ビルドじゃないとまともに運用できないと嘆《なげ》いてたな」

「オレのこと聞いたら発狂《はっきょう》しそうですね」

「MP消費を十分の一にするスキルと、ジョブポイントの四倍化だからね。普通《ふつう》のプレイヤー達が血眼《ちまなこ》になって求める欲張りセットだ。……デメリットの女の子になる呪いに関しては、むしろそっち狙《ねら》いのプレイヤーが出てきそうかな」

「そうなんですか？　リアルでも女の子になるんですよ」

オレの言葉に、ハルトさんは笑顔《えがお》で頷く。

「私の知り合いには何人か、赤ん坊か可愛《かわい》い女の子になりたいって言ってたゲーマー達がいたかな」

「ふーん。パパが女の子になると、どんな感じになるんだろうね」

「────ぶふッ」

真顔で爆弾《ばくだん》を放り投げたクロに、オレは吹《ふ》き出した。

相変わらず天然娘《むすめ》の一撃《いちげき》はインパクトが大きい。

隣《となり》にいるアリアは、ずっとニコニコしながら会話を聞いている。

果して理解できているのか、それとも反応を見て楽しんでいるのか。

ちなみにハルトさんは慣れているようで「クロみたいな美人になるんじゃないかな」と全く動じず大真面目に答えていた。

やはり父親は強い、と改めて思い知らされる。

そんなやり取りをしている内に、森を抜けて〈ブリーズ草原〉に出た。

ここまで来たら〈エアリアル国〉はもう目と鼻の先だ。

「お、やっとお城が見えてきたな」

「い、いよいよですね！」

国を守る壁《かべ》を見て、ごくりと喉《のど》を鳴らすアリア。

彼女が緊張《きんちょう》するのも仕方ない、なんせ城に着いたら次は〈暴食の大災厄〉との決戦が待っているのだから。

――ただ出発する前と、大きく様子が異なる。


なにやら大門の前に〈エアリアル国〉の兵達が大集結していた。

数はおよそ数百人くらい、その全員のレベルは『30』以上だ。

全員が綺麗に整列している光景は壮観《そうかん》で、大きな戦に挑《いど》む緊張感が漂《ただよ》っている。

軍がここにあるという事は、それを指揮する者もいるはず。

周囲の視線を受けながら城門前に行くと、そこにはやはり国のトップであるシルフ女王とガスト団長、それとゴーレムの姿があった。

二人は珍《めずら》しく焦《あせ》った様子で。今にも出発せんと準備を整えていた。

「お母様とガストさんが、兵の皆《みな》さんを率いて出ようとしてます！」

「すごい緊迫《きんぱく》した雰囲気《ふんいき》だね、空気がビリビリするよ」

「それは彼女達だけじゃないな。この森全体に悪意が広がっているのを感じる」

三人の言葉を聞きながら、オレはなんとなく察する。

「嫌《いや》な予感が当たったみたいだな……」

オレ達は忙《いそが》しそうなシルフ達の元に向かう。

こちらに気付いた彼女達は、厳しい表情を引っ込め努めて冷静を装《よそお》った。

「良くぞ帰還されました。その様子ですと無事に神殿攻略《しんでんこうりゃく》ができたみたいですね」

「はい、指輪はクロが持ってます」

名を呼ばれた相棒は、指に装備した指輪を見せる。

目の前にウィンドウ画面が表示されると【第四クエスト　翡翠の指輪】が完了《かんりょう》する。そして遂に【最終クエスト　暴食の大災厄討伐《だいさいやくとうばつ》】が開始された。

クエストの更新《こうしん》と同時に天候が一変する。

先程まで晴天だったのに〈精霊の森〉上空を真っ黒な雲が覆いつくした。

身体に重くのしかかる重圧は、さっきとは比べ物にならない程に強まる。

廃人《はいじん》ゲーマーとして鍛《きた》え上げられたオレの感覚は、ハッキリと遥《はる》か遠くに位置する〈封印の地〉で、世界を滅《ほろ》ぼす災厄の巨大《きょだい》な気配を感じとった。

魔王シャイターン程ではないが、彼女に勝るとも劣らない圧に武者震《むしゃぶる》いする。

どうやら、いよいよ復活の時が迫《せま》っているらしい。

一方で光が無くなった事に、周囲からは動揺《どうよう》の声が上がっていた。

クロとアリアもびっくりして、この場で冷静にいるのはオレとハルトさんとシルフ女王とガストの四人だけだった。

「状況を説明してもらっても大丈夫ですか」

「ソラ様、承知した」

ガストはアリアをチラ見した後、申し訳なさそうに口を開く。

「やはりアハズヤは〈ダーク・シューペリアナイト〉だった。アイツは宝玉の力で〈精霊の宝玉〉を奪い城から逃走《とうそう》した。ソラ様から警告されていたのに、このような結果になって本当に申し訳ない」

「え……」

疑問の声を出したのは、なにも知らないアリアだった。

見ると彼女は目を大きく見開き、まるで石化のデバフを受けたかのように固まっていた。

「姫様、これは……」

「ガストさん！　な、なにを言っているんですか⁉　アハズヤ姉様がそのような事をするなんてありえません！　この国の全てを愛し、民達にも慕《した》われる程に誰一人《だれひとり》として隔《へだ》てなく優《やさ》しく接していたあの姉様が！　孤児達《こじたち》を家族として招き、自身の団員として働き場を提供したあの姉様が！　なによりもわたくしを、妹として接して側にいてくれたあの姉様が、そのような悪に手を染める理由なんて……っ‼」

驚いたアリアは、感情を大爆発《だいばくはつ》させる。

ガストの肩《かた》を強く掴《つか》んで、前後に激しく揺《ゆ》さぶった。

シルフ女王を含《ふく》めて周囲にいる人達は普段温厚《ふだんおんこう》でドジっ子の彼女からは、およそ想像もできない姿に驚いている様子だった。

しかし彼女がこうなるのは仕方がない。

なんせこの中で、最もアハズヤの事を深く慕っているのだから。

問い詰《つ》められるガストは、答えず唇《くちびる》を噛《か》みしめる。

その唇の端《はし》からは、かすかに赤いエフェクトが発生していた。

中々の剣幕《けんまく》に気圧《けお》されてしまいそうになるが時間に余裕《よゆう》はない。

オレはアリアの腕《うで》を掴んで止めると真実を告げた。

「アハズヤ副団長が〈ダーク・シューペリアナイト〉なのは間違いない。あの日に刃を交えた時に、オレの目が証拠を視《み》たから」

「ソラ様まで、そんなことを……」

絶望した彼女は、かつてない程に表情が悲しみに染まる。

「今まで黙《だま》っててごめん」

「どうして教えてくれなかったんですか！」

「言ったらアリアが傷つくと思ったんだ。それに武器や負傷している場所が同じだけじゃ、彼女がシューペリアナイトかは断定できなかった」

「それでも言って下されば、わたくしはアハズヤ姉様に真実を問い質《ただ》し、自首するようにお願いしました。こんなに罪を重ねてはもう……」

つぶらな目の端からポロポロとしずくが流れ落ちる。

彼女の言葉から、現在の罪がどれだけ重いのか推測できる。

こんな顔をさせてしまった事に罪悪感を抱《いだ》くが、それでもオレはアリアに向き合う。アハズヤがそこまでして、コレから何を成すつもりなのか。

それはアリアのいる世界を、その手で滅ぼす為ではないと信じているから。

「聞いてくれアリア、あの人は〈闇《やみ》の信仰者《しんこうしゃ》〉として全てを終わらせる為に宝玉を奪って逃《に》げたんじゃないかとオレは思っている」

「……なんでそんなことが、言えるんですか」

「根拠《こんきょ》なら沢山ある。第一に敵なら、オレ達にとって一番の切り札であり弱点でもあるアリアを助けたりしないだろ。四人でダンジョン攻略《こうりゃく》をした時に、オレ達を全滅《ぜんめつ》させるチャンスは沢山あった。でも彼女はその機会を全て逃《のが》したんだ」

「それは……」

「闘技場《とうぎじょう》の襲撃もそうだ。妖精達《ようせいたち》の被害《ひがい》はギオル団長だけだった。それもシューペリアナイトが手加減したから助かったんだ」

彼女が問われるのは間違いなく『反逆罪』だろう。

でもその根幹にあるのは、けっして両国に対する『背信』なんかではない。

アハズヤの中にある思いはシンプルであり、なによりも大切な『愛情』のはずだ。

「なんで誰にも相談もしないで、あんなことをしているのかは分からない。でもあの人は絶対にアリアの敵じゃない」

とても薄《うす》っぺらくて、説得力なんてない言葉だと自分でも思う。

でも四人で冒険《ぼうけん》をしたからこそ知っている事もある。

それは二人の関係が、けっして偽《いつわ》りなんかではなかった事だ。

「信じて欲しい。だって自慢《じまん》の姉なんだろ。理由もなく悪事に手を染める人だって、アリアはすんなり納得《なっとく》するのか？」

初めて四人で共に旅をした、あの時にアリアが口にした言葉を告げる。

彼女は涙《なみだ》を流しながら、首をブンブン横に振《ふ》った。

大切な姉はそんな悪人ではないと、オレの言葉を否定してみせた。

両手で涙を拭《ぬぐ》い顔を上げると、赤く腫《は》れた目には微《かす》かに光が灯《とも》る。

「……そうですね、わたくしはアハズヤ姉様を信じます」

その姿に、迷いや疑いはなかった。

シルフ女王が前に出て、オレの言葉を肯定《こうてい》するように頷《うなず》いた。

「ソラ様の言う通り。あの子は宝玉の力を使い、かの大災厄を自身の命を懸《か》けて倒すつもりのようです」

「……お母様、その話は本当ですか」

「はい、あの子は私達の制止を振り払《はら》い森に消えました。このまま戦えば精霊達《せいれいたち》に多大な被害が出ること、自分には戦いの犠牲を、一人で済ませる方法があると言って」

「ちょっと待って下さい。それはまさか……」

最後まで言わなくとも分かる。宝玉がどんな力を秘《ひ》めているのかは分からないが、アハズヤは一人で大災厄と戦うつもりだ。

頭の中に浮かんだ『無謀《むぼう》』の二文字を飲《の》み込《こ》み、オレは深い溜息《ためいき》を吐《は》いた。

「……やっぱり、何だかそういう展開になると思いましたよ」

「ソラ様は意外と驚《おどろ》かないんですね」

「似たような話は、他の世界で何度も経験しましたから」

「な、なにを悠長にしているんですか！　一刻も早く〈封印《ふういん》の地〉に向かいアハズヤ姉様を助けないといけません！」

こうリアクションする事も分かっていたので、オレは彼女に大丈夫だと言った。

「大丈夫だ、オレに任せろ」

残り『95』ある天命を消費して、自身の中に眠《ねむ》る天使の封印を解放する。


——身体から解き放たれた白銀の輝き。


それは〈エアリアル国〉の上空にあった邪悪《じゃあく》な雲を浄化《じょうか》し大地に再び光をもたらした。

温かい太陽の光は、暗闇《くらやみ》が支配する陰湿《いんしつ》な空気を吹っ飛ばす。

オレはスポットライトのように、天から降り注ぐ光の中で断言する。

「アリアの大切な家族はオレが守るよ」

「ソラ様、お願いします……」

後話さないといけないのは一人だけ。

視線を向けると、シルフ女王は決心を瞳に宿して口元に笑《え》みを浮かべた。

「シルフ女王、大災厄を討伐《とうばつ》した暁《あかつき》にはアハズヤ副団長の罪を不問にしてください」

「……分かりました。もしも大災厄を倒すことができたら、彼女の罪を軽くできるように尽力《じんりょく》します。……あの子は私の大切な妹ですから」

「オレも約束します。全ての力を用いて災厄を払うことを」

天翼《てんよく》を広げて空中に浮遊《ふゆう》する。

次いでクロとハルトさんを見下ろし、オレはお願いをする。

「先行するから、二人はアリアの護衛を頼《たの》む！」

「りょーかい！」

「任された！」

頼もしい返事を聞き、翼を大きくはためかせる。

上空に向かって大きく飛翔したオレは、目視で確認《かくにん》できる程の真っ黒で邪悪なオーラがまき散らされる〈封印の地〉を見据えた。

全付与スキルを解放、戦闘《せんとう》態勢に入ったオレは決戦の地に向かった。

⑥

邪悪な汚染《おせん》が周囲の森を侵《おか》し腐《くさ》らせる。

以前よりも汚染された荒《あ》れた大地は拡大し、この地を訪《おとず》れたばかりの頃《ころ》に眺《なが》めていた美しい緑の木々や草花はどこにもない。

これが大災厄の固有能力〈暴毒《ぼうどく》〉の効果。

全てを理不尽《りふじん》に、貪欲《どんよく》に食《く》らい続ける暴食の毒。

毒が汚染した場所は、しぶとい雑草ですら生存することを許されない。

なんて醜《みにく》くて見るに堪《た》えない光景なんだろう。

まさに命を狩《か》るためだけに作られた怪物《かいぶつ》の力。何も生み出すことはできない死の毒を眺めながら、アハズヤは眉《まゆ》をひそめる。

「木があの高さまで育つのに十年以上は掛かるというのに……」

悪態を吐き捨て、巨大な結晶《けっしょう》の大穴を忌々《いまいま》しそうに睨《にら》む。

穴を起点に発生している亀裂《きれつ》は、もう全体にまで広がっている。

もういつ〈暴食の大災厄〉が復活してもおかしくはない。そんな緊張感の中、彼女は手の中にある宝玉に守られながら刻限を待つ。

すると上空から一つの光が飛来した。

「指輪の回収を終えて、もうここに来たんですか」

光を見あげると、そこには二枚の天翼を広げる白銀の天使がいた。

天使長ルシフェルではなく――冒険者《ぼうけんしゃ》ソラだ。

彼女は以前戦った時よりも強い圧を纏い、毒の届かない上空から見下ろす。

迷いのない眼光に見据えられ、アハズヤは少し身震《みぶる》いした。

「ふふふ、怖《こわ》い顔をしてますね」

「アハズヤ副団長、一人で戦うつもりだったんですか」

「……なんの話か分かりません。このローブを羽織った状況では、私が大災厄を復活させようとする悪人にしか見えないと思いますが」

「全く殺気を感じない相手を敵認定する程に、オレは短絡的《たんらくてき》じゃないですよ」

見抜《みぬ》く目を持つ彼女は、誤魔化《ごまか》してもムダだと言わんばかりに冷静だった。

この現場を見て全く動じていない辺り、自分には想像もできないレベルの修羅場《しゅらば》をいくつも潜《くぐ》り抜《ぬ》けてきたのだろう。

まだ若いのに、見た目によらず恐ろしい冒険者だ。

アハズヤは彼女から視線を外し、再び封印の結晶に目を向けた。

ソラは滞空《たいくう》した状態で、この〈暴毒〉地帯に近寄ってくる様子はなかった。

「待っているのも暇《ひま》ですから、また昔話でもしましょうか」

「それって以前に話した、小さい頃に住んでいた村に封印されていた災厄《さいやく》の事ですか」

「……もしかして、心が読めます？」

「ただの直感ですよ。この重要な場面で話す内容って、大抵《たいてい》は自分の未《いま》だ語っていない昔話をするのがテンプレですから」

「なるほど、やはり冒険者は凄《すご》いです」

これには心の底から感心させられる。

見た目はアリアと変わらないのに、その中身は数多《あまた》の修羅場を潜り抜けた歴戦の勇士であり、その経験を元に相手の思考を読む知力まで兼《か》ね備《そな》えている。

ならば今から語る全ては、彼女に把握《はあく》されているかも知れない。

そう思いながらも、アハズヤは話を始めた。

「もったいぶらずに話しましょう。私の両親は〈闇の信仰者〉だったんです。村に引っ越《こ》したのは、災厄を解き放ちコントロールするためでした」

「それが解き放たれて、貴女以外が死んだということは……」

「察しの通り、両親の目論見《もくろみ》は失敗。制御《せいぎょ》できない災厄は私達を歓迎《かんげい》してくれた村人を全員殺し、私を逃がして両親も亡《な》くなりました」

「……謝罪していたのは、災厄に巻き込まれた村人に対してなんですね」

「両親の目論見に気付いたのに、止められなかった。私が殺したようなものです。幼い時は罪悪感に苛《さいな》まれて、何度も命を断《た》とうとしましたが」

亀裂が更《さら》に広がる。吹き出す〈暴毒〉を眺めながらアハズヤは過去を語る。

「あの太陽のような少女を見て、私は思ったんです。この子を助け支えることが、神が私に与《あた》えた罪を償《つぐな》うチャンスなのではと。ですが……」

幸せな日々は唐突《とうとつ》に終わりを告げたと、アハズヤはこれまでの全てを語る。

信仰者に潜入《せんにゅう》し〈エアリアル国〉とアリアの為に奮闘《ふんとう》してきた日々。

妹を封印で死なせないための方法を求め、その果てに〈闇の信仰者〉アジトで見つけた両国が保管する『宝玉』が秘める可能性。

「これがあればアリア姫の死を回避《かいひ》することができる。これを手にするためだけに私は、敵も味方も全て利用しました」

「敵も味方も……。最初から全てを打ち明け、アリア達に助力を求めるべきだったんじゃないんですか。だって、その方がノーリスクで入手できたはずです」

「そうしたかったんですが、ダメなんですよ。これの真実を知ったらアリア姫やシルフ女王達は、私に使わせないと断固として反対しますから」

「その言い方、まさかその宝玉は……」

アハズヤは詳細画面を出して、そこに記された希望をソラに見せた。

【翡翠の玉璽《ぎょくじ》】：古《いにしえ》の結晶から力を自在に制御することが可能。妖精と精霊《せいれい》の血を併《あわ》せ持つ者が生命を削《けず》り扱《あつか》う事で真の力を発揮する。

強力な力の制御権を得る代わりに使用者の命を削る。

それが天使達の力で二つに分割《ぶんかつ》し、二つの国で管理されていた宝玉の真なる姿だった。

「……アハズヤ副団長、アナタはッ！」

「さて、それでは人生最後の戦いを始めましょうか」

丁度話を終えた後、遂に封印の結晶が完全に砕《くだ》け散る。

パリーンと、まるでメイドがミスをして皿を割ったかのような音が鳴り響《ひび》き。

消失した封印の真ん中に、全長二十メートルの巨大なドラゴンをベースにハエを合成した怪物が顕現《けんげん》した。

身体を支えるのは、地面に着いた六本の足。

甲殻《こうかく》を鎧《よろい》の様に全身に纏い、猛毒《もうどく》を撒《ま》き散らす六枚の昆虫羽《こんちゆうう》を広げる。

頭部はドラゴンベース、人をベースにした〈バアル・ジェネラル〉とは全く違《ちが》う。

怪物の頭上に出現したのは三本のＨＰゲージ。

その更に上には、大災厄の名前が表示される。

〈暴食の大災厄〉バアル・ゼブル・グラトニー。

七つの大罪の一つ〈暴食〉を司《つかさど》る怪物は、世界に牙《きば》を剥《む》かんと復活の咆哮《ほうこう》を上げた。

第五章◆暴食の大災厄

……なんて禍々《まがまが》しい瘴気《しょうき》だ。

マグマが噴火《ふんか》したような勢いで〈暴毒《ぼうどく》〉は周囲に広がり、それまで存在していた〈精霊の木〉達や草花達を侵し腐らせてしまう。

命あるモノならば石でも容赦《ようしゃ》なく食らいつき、死滅《しめつ》するまで蝕《むしば》み続ける。

封印が解けてから、経過した時間はおよそ一分。

そんな短時間で、先程の十倍近い範囲《はんい》が荒野《こうや》と化してしまった。

これが世界を滅ぼす大災厄の力。

遥か昔に天使と精霊と妖精達が立ち向かった邪悪。

毒の霧《きり》を発生させる怪物は、その視線をオレ達ではなく〈エアリアル国〉に向ける。

「アリア姫の所には行かせない、貴様はここで私が倒《たお》す！」

宝玉を天に向けたアハズヤはスキルで使用するＭＰではなく、見えない自身の寿命《じゅみょう》を削って発動させる。

手にした宝玉は命をトリガーに発動し、地面に刺《さ》さっている結晶の柱が眩《まばゆ》い翡翠色の輝《かがや》きを放った。

大量の風が周囲から集められ、宝玉の主である彼女《かのじょ》の意思に従い一点に収束する。

球状に圧縮した風は槍《やり》となり、空間が震える程《ほど》のエネルギーを生み出す。その力を余すことなく完璧《かんぺき》に制御し、アハズヤは神風の槍を敵に向けて解放した。

「はあああああっ！」

彼女の放った一撃の名は〈ディバイン・エアリアルランス〉。

復活したばかりで油断している敵の顔面に、極限まで凝縮《ぎょうしゅく》した槍が炸裂《さくれつ》する。

ズンッと突き刺さり爆発《ばくはつ》した嵐《あらし》が、周囲を容赦なく殴《なぐ》りつける。

それは空中にいるオレに届くほどだった。

危《あや》うくバランスを崩《くず》しかけるが、自動制御がそれをフォローしてくれる。嵐が静まったそこには〈暴毒〉を消し飛ばされ、ＨＰ一本を半分まで削られた怪物の姿があった。

流石《さすが》は特効武器。アハズヤの命を消費した一撃は、オレの所有する最強の技〈ヘブンズロスト〉よりも遥かに上だ。

「がはっ！　ぐう、想像以上の負荷《ふか》ですね……っ」

だが連発はできないらしく、彼女は反動で片膝《かたひざ》をついてしまった。

一体どれだけの命を消費したのかは分からないが、その顔色は真っ青で尋常《じんじょう》ではないダメージを受けた事が窺《うかが》える。

手痛い一撃を与えられた怪物は、その矛先《ほこさき》を動けない敵対者に向けた。

「アハズヤ副団長！」

オレは剣《けん》を抜いて彼女を守るために向かう。

バアルゼブルは周囲に、土属性の刃《やいば》を発生させた。

アレは土属性の魔法《まほう》――〈アースエッジ〉。

しかし初級スキルだというのに、その数が尋常ではない。

およそ数十以上の弾幕《だんまく》ゲームみたいな刃の雨が、動けないアハズヤに一斉掃射《いっせいそうしゃ》される。

彼女の前で停止したオレは〈ソードガード〉を発動した。

「うおおおっ！」

一つ弾き、その弾いた刃で別の刃を相殺《そうさい》する。

過去に似た状況《じょうきょう》を何度も経験したオレは、被弾《ひだん》する攻撃だけを冷静に見切り〈シルヴア・ブレイド〉と〈ジェネラル・グローブ〉の拳打をフル活用し迎撃《げいげき》する。

一度でもミスをしたら、そこから雪崩《なだれ》のように刃を受ける緊張感の中。

最後まで集中して全てを無力化すると、敵は次の攻撃に移行した。

六枚の羽を大きく羽ばたかせ身体が宙に浮く。

そこから放たれる攻撃は〈フライング・ダイブ〉。

天高く飛翔した巨体《きょたい》が、オレ達を押《お》し潰《つぶ》さんと迫ってくる。

これは流石にガード不可、防げないということは。

「ファイトいっぱああああああっ！」

「ソラ殿《どの》⁉」

とっさにアハズヤを抱き抱《かか》え、その場から全力飛行で回避する。

流石に重くて速度は出ないが、幸いにも敵は真っすぐにしか向かって来ない。

歯を食いしばりギリギリで危険範囲から脱《だつ》すると、先程までオレ達が居た場所は大質量に潰され、大きな円形上のクレーターができた。

逃げ遅《おく》れたらどうなっていたか想像し、ブルッと寒気を感じる。

「マジか、破壊《はかい》不能の地面オブジェクトに穴を作りやがった……」

『大災厄は全てのオブジェクトの保護機能を無視する権限があります』

「チートを覚えたてのド初心者かな⁉」

悪態を吐きバアルゼブルから距離《きょり》を取り着地する。

地面に下ろされたアハズヤは、複雑そうな表情を浮かべていた。

「どうして助けたんですか、私は罪を犯《おか》しました。救うほどの価値は……」

「そんなの決まってるじゃないですか。アリアが悲しむからですよ」

「アリア姫《ひめ》が？　そんなことは……」

「今まで積み重ねてきた絆《きずな》があるだろ。確かに貴女《あなた》がやったことは重罪だ。でもそれだけでアリアが幻滅《げんめつ》すると勝手に思うな」

アハズヤの言葉を一蹴《いっしゅう》して、オレは僅《わず》かな時間硬直していたバアルゼブルを見据《みす》える。

敵は大口を開き、周囲に〈暴毒〉を散布し始めた。

一度付与《ふよ》されたら毎秒五十ダメージを受けるバッドステータス。

オレも状態異常の耐性《たいせい》を上げるパッシブスキル、更に耐性を上げる〈ハイゲズントハイト〉を付与しているが、百パーセントカットではないので過信はできない。

『BAARUUUUUUUUUUッ！』

咆哮しながらバアルゼブルは地面を四度叩《たた》く。

一瞬《いっしゅん》〈グランド・シェイク〉が来るかと思ったが、敵が選択《せんたく》したのは地面から敵を串刺《くしざ》しにする技〈アース・スパイン〉だった。

危険域を知らせる赤いラインが、足元にストライプ状で発生する。

安全なのは赤いラインの間と、実に分かりやすい攻撃だった。

「アハズヤ副団長、この赤いラインには絶対に乗らないで下さい！」

「わかった！」

急いで二人で横に大きくステップ回避をする。

敵の放った無数の針みたいな攻撃は、誰《だれ》もいない地面に突き刺さる。

ホッと一安心したのも束《つか》の間《ま》、赤いラインが自分達の足元に発生。

一回じゃないのかと舌打ちをしながら、アハズヤに指示を出して合計四回の攻撃を横ステップ回避だけでやり過した。

「ふう、単純な攻撃で良かった……」

「ソラ殿、ありがとうございます。おかげで再チャージの時間を稼《かせ》げました」

「アハズヤ副団長、それは⁉」

宝玉を手に前に出た彼女は、再び命を削り周囲の風を集める。

あっという間に形成された高密度の嵐の槍、それを彼女は振りかぶるように構えて全力で宝玉を前に突き出す。

二度目の槍に対して敵は、身の危険を感じて大きく横に跳《と》んで回避した。

あの巨体でなんて身のこなし、と驚くけど回避された槍は制御を受けて急上昇《きゆうじようしよう》。そのまま円を描《えが》くように宙を回った。

「貴様は大空よりも、地べたを這《は》いずり回るのがお似合いだ！」

先端《せんたん》が真下を向くと、今度は急降下して背中に突き刺さった。

『ＢＡＡＡＡＡＡＡＡＡＡＡＡＡＡＡＡＡＡＡッ⁉』

大ダメージが発生して、赤いエフェクトをまき散らしながらＨＰが更に大きく減少。

槍の効果なのか、六枚の羽が腐り萎《しぼ》む。

展開していた〈暴毒〉も一掃《いっそう》されて霧は跡形《あとかた》もなく消えた。

たった二回の攻撃《こうげき》でバアルゼブルのゲージは一本消滅《しょうめつ》する。

このまま後四回の攻撃でヤツを倒せるのか。そう思った直後に、アハズヤが大きく苦しみだして普段《ふだん》クールな顔を大きく歪《ゆが》ませた。

「があ……い、痛……ぐう……っ」

「だ、大丈夫《だいじょうぶ》ですか⁉」

その場に両膝《りょうひざ》をついた彼女の額から大量の汗《あせ》が流れ落ちる。

ＨＰのゲージも短くなり、自分と比較《ひかく》すると三分の二程度になっていた。

強大な力を発揮する代わりに命を削る古代のアイテム。最大ＨＰが少なくなるデメリットに、オレは戦慄《せんりつ》してゴクリと息を呑《の》んだ。

「もうその力を使わないで下さい！」

「それ……は、できない……話です……ね」

「このまま使い続けると死にますよ!」

宝玉を没収《ぼっしゅう》しようとするが、完全となった宝玉は所有者以外を拒絶《きょぜつ》する。

バチンと弾かれてしまったオレは、大きく仰《の》け反《ぞ》ってしまう。

二回の使用でここまで消耗《しょうもう》するという事は、少なくとも後一回か二回の使用が限界。それを超えたらどうなるのか、想像するまでもないだろう。

しかしアハズヤは、微笑を浮《う》かべて首を横に振った。

「良いんです……ここで死んでも。私は罪を犯した反逆者……命と引き換《か》えにしてでも、あの怪物からアリア姫を守ろうと、心に誓《ちか》ったんですから……」

「ならオレが戦います。一本削ってもらえただけで十二分以上の働きです。だから……」

——ベキ、と何かがもげるような音が響き渡《わた》る。

その後に聞こえたのは、何か大きな物が二つ地面に着地した音だった。

……おい、ウソだろ。

既《すで》に〈感知〉スキルで、それが何なのかは把握している。恐《おそ》る恐る振り返ったオレは、バアルゼブルの前方に出現した二体の怪物に目を留《と》めた。

身《み》の丈《たけ》が十メートルもある昆虫人型モンスター。HPゲージは一本分だけだが、その代わりにヤツは最初から最終形態になっている。

大剣《たいけん》を手にした四本腕の怪物、それが二体も佇《たたず》む姿は余りにも絶望的過ぎる。

アレの名は大型ボス〈バアル・ジェネラル・グラトニー〉。

まさかラスボス戦で再登場するなんて、一体誰が想像できたか。

「バアルゼブルの腕が二本ない、アイツ自分の身体からジェネラルを作り出したのか」

「ふう、どう見ても一人じゃ無理ですね……っ」

不敵な笑みを浮かべながら、アハズヤは足に力を込めて立ち上がろうとする。

だがその膝《ひざ》は小刻みに震《ふる》えている。どう考えても宝玉を二回使用したダメージから回復しきっていない。

多分後一回使ったら、彼女は立つことですら困難になるだろう。

消耗しているアハズヤの前に立ち、オレはこれ以上使わせないと宝玉を持つ腕を掴む。

真っ向から睨み合うが、今の彼女からは覇気《はき》をまったく感じられなかった。

「ダメです、アハズヤ副団長」

「アレを見て、よくそんな言葉が出てきますね……」

呆《あき》れた彼女は、オレを見て失笑《しっしょう》する。

でもここで引くわけにはいかない。何故《なぜ》ならばようやく〈感知〉スキルの範囲内《はんいない》に待ち望んでいた大きな希望達《たち》が現れたから。

オレが真っ先に来たのは、大災厄を相手にする為《ため》ではない。

全ては玉砕覚悟《ぎょくさいかくご》のアハズヤを守り、ひたすら時間稼ぎをする為だった。

「大丈夫です、強大な敵が増えても希望はあります」

「もしかして、アリア姫と精霊騎士《せいれいきし》達の援軍《えんぐん》の事を言っているんですか」

「ああ、そうだ。オレ達にはまだ仲間がいる」

「……どうやら買いかぶっていたみたいですね。アレと戦えば確実に甚大《じんだい》な被害が出ると
いうのに、多くの犠牲《ぎせい》を出した勝利など」

「違う、ここに来てくれるのはアリア達だけじゃない！」

二体のジェネラルが、地面に向かって〈グランド・シェイク〉を発動しようとする。

アハズヤは阻止《そし》しようと宝玉を向けようとする。

だがそれはオレが腕を掴んでいる為にできなかった。

焦った様子で彼女はオレを睨みつけた。

「ソラ殿！」

「大丈夫、みんなが来てくれたから」

オレの言葉に応じるように、左右の森から放たれた二つの極大の風刃《ふうじん》が両腕《りょううで》を振り下ろ

すジェネラルを切り裂《さ》いた。

①

破邪《はじゃ》の力を込められた巨大な風刃が、ジェネラルに叩《たた》き込まれる。

それを受けたジェネラルは、HPを一割減少させて〈グランド・シェイク〉の発動を強制的にキャンセルされた。

右側から現れたのは、長剣《ちょうけん》〈エアリアル・ソード〉を手にしたガスト。馬に乗った彼女の後方には、白馬に乗ったシルフ女王と精霊騎士の軍が続いている。

左側から現れたのは、長剣〈ティターニア・ソード〉を手にしたギオル。こちらも馬に騎乗《きじょう》しており、後方にはオベロン率いる妖精《ようせい》騎士の軍がいた。

彼等は武器を手に陣形《じんけい》を組み、ジェネラルに総攻撃《そうこうげき》を仕《し》掛《か》ける。

そして駆《か》けつけた援軍は、彼等だけではなかった。

「来てあげたわよ、お兄ちゃん！」

「ここが決戦の地か、大きい的が三つもあるぜ」

「正に最終決戦って雰囲気《ふんいき》ですね。これは胸熱です」

「……ふむ、中々に切り応えがありそうな相手だな」

左後方の森からシオ、シン、ロウ、シグレの四人が姿を現し、その背後にトップクランメンバーを引き連れてソラ達と合流する。

全員のレベルはソラに及《およ》ばないが『40』と高水準。装備は限界まで強化しており、その中でも〈クイーン・オブ・フライ〉のラストアタックボーナスを獲得《かくとく》したシグレは、ソラを除いた冒険者の中でも突出《とっしゅつ》した装備を身に着けている。

これが〈虹《にじ》の双剣士《そうけんし》〉か、とアハズヤは内心戦慄する。

その更に右後方から姿を現したのは〈エアリアル国〉の守護ゴーレムと、黒馬を操《あやつ》る騎《き》士《し》ハルトだった。

「おまたせー」

「遅《おそ》くなってすまない！」

「いえ、ハルトさん。ベストタイミングです」

ハルトとクロが、ソラとアハズヤの側までやって来る。そして二人がいるという事は、その後ろに乗っている最後のメンバーは考えるまでもない。

アハズヤは眉をひそめる。冒険者達の視線を一身に浴びながら白を基調とした巫女《みこ》衣装《いしょう》に身を包む両国の王女――アリアが地面に降り立った。

彼女はソラと、命を削り疲弊《ひへい》している様子のアハズヤを見据えた。

「ソラ様、遅くなり申し訳ございません。そして……」

「……アリア姫」

ムスッとした顔で近づいたアリアは、アハズヤの顔を両手で挟《はさ》むように掴む。

一体何が起きるのか、この場にいる全員が見守っている中。

「──アハズヤ姉様の、ばか！」

彼女は怒りを爆発させて、アハズヤに光《ひか》り輝く頭突《ずつ》きを炸裂させた。

巫女《みこ》の力を込めた浄化の一撃《いちげき》、それを受けたアハズヤはたまらず尻《しり》もちをつく。

「な……え？」

一体何が起きたのか、アハズヤですら混乱した。

まさかアリアから、頭突きをされるなんて思わなかったからだ。

シーンと、この場を静寂《せいじゃく》が支配する。あの温厚《おんこう》なアリアが怒っている。その光景が珍《めずら》しくて遠くにいる精霊達、妖精達は戦いながら目を丸くした。

そして状況が分からない冒険者達も事の成り行きを見守る。

全員の視線を一身に浴びながら、アリアは右手を差し伸《の》べて。

「今の一撃で貴女に巣くっていた、邪悪な心は消し去りました！　ここからは精霊騎士副団長として、大災厄の討伐に協力してください！」

「…………………っ」

真っすぐ見下ろすアリア、その力強い瞳《ひとみ》にアハズヤは言葉を失った。

思わず彼女の手を掴《つか》もうと右手を上げる。だがその手の中に、自身がこれまで積み重ねた罪の証たる宝玉を見て苦悩《くのう》に歪む。

「私は、けっして許されない事をしました。友国である〈ティターニア国〉に闇の信仰者《しんこうしゃ》達を率《ひき》いて攻め入り、恩師の夫に刃を向けて、その手から宝玉を奪《うば》い取りました。更には孤児《こじ》の私を育ててくれた女王の信頼《しんらい》を裏切り、宝玉を奪って逃走《とうそう》したんです。こんな反逆行為《こうい》を行った私に、貴女は……」

「罪を感じているのなら、それは償っていけば良いんです。贖罪《しょくざい》を果たさぬまま命を捨てるのは、ただの現実逃れの責任放棄《ほうき》じゃないですか？」

「アリア姫……っ」

「協力してくれますよね、アハズヤ姉様」

有無《うむ》を言わせない圧、凛《りん》と立つ王女の姿を見たアハズヤは呆然《ぼうぜん》と見上げる。

ああ、少し見ない間にこんなにも成長されるとは。

ドジっ子姫と言われていた姿はどこにもない。ここに立っているのは二つの国の未来を

背負う王女、アリア・ティターニア・エアリアルだ。

アハズヤは苦々しい表情を浮かべる。

あんなにも死ぬ覚悟《かくご》を決めていたのに、今の姿を見て少しばかりアリアが女王となる未来を見てみたいと思ってしまったから。

彼女の成長した一面を見ただけで、決心が揺《ゆ》らぐなんて……。

妹にここまで言われて、それでも拒《こば》む選択肢《せんたくし》は頭の中に浮かんでこなかった。

宝玉を胸に当て、その場にアハズヤは跪く。

「……分かりました、この命は貴女の為に」

「ではまいりましょう、大災厄を倒して国に恒久《こうきゅう》なる平和をもたらす為に」

アリアの纏《まと》う翡翠《ひすい》の光が輝きを増す。それは戦場の全域にまで拡大し、バアルゼブルがまき散らした〈暴食〉を完全無効化する。

全員の目の前には、世界から一つの通知が届いた。

【巫女が完全覚醒《かくせい》しました。彼女が行動不能になるまで〈バアル・ゼブル・グラトニー〉のユニークスキル〈暴毒〉は大きく制限されます】

制限とは毒の霧を展開できなくなる事。

バアルゼブルは、この時点で自身の真なる天敵が誕生した事を知覚する。

敵意をアリアに向けて、怪物は忌々しそうに雄叫《おたけ》びを上げた。

——最終決戦が始まる。

各々《おのおの》の武器を手にした冒険者達《たち》は、両国の騎士《きし》達が相手するジェネラルには目を向けず、バアルゼブルに向かい駆けた。

②

アリアの〈暴毒〉無効化に加えて、シルフ女王とオベロン王がユニークスキルを発動し、全軍にバフが掛《か》けられる。

更に右手を天に翳《かざ》したオレは、全体に付与《ふよ》スキルを発動させた。

「この戦場にいる全員に、オレのバフを追加するぞ！」

選択したのは中級付与〈ハイストレングス〉〈ハイプロテクト〉〈ハイアクセラレータ〉と、上級付与〈グランドウィンド〉の合計四種だ。

ステータスのバフアイコンは埋《う》まり、なにが付与されているのか分からん状態。

一方でかつてない強化を受けて、テンションの上がった冒険者達は口角を吊《つ》り上げて武器を手に真っ向からぶつかりに行った。

「これだけ強化もらえば、でかいハエなんて怖くないぜ！」

「王様達と天使ちゃんの加護とか、この戦い負ける気がしないぞ！」

「もうなにも怖くないわ！」

なにやらフラグを立てまくっている人達がいるけど、幸にも左右に展開している精霊軍と妖精《ようせい》軍がジェネラルを完全に抑《おさ》えている。

その中でもガストとギオルは別格だ。敵を大技《おおわざ》で吹《ふ》っ飛ばしオレ達の戦いに干渉《かんしょう》しないように、二体の位置を調整してくれていた。

故に冒険者達は二体を無視して、ど真ん中を抜けてバアルゼブルと接敵できた。

先行したタンクA隊の〈騎士〉が挑発《ちょうはつ》を連続発動。三人中一人がヘイトを引きつける事に成功し、敵は大きな爪《つめ》で斬撃《ざんげき》を放ってくる。

「「「ド根性《こんじょう》一発！」」」

三人が大盾《おおたて》を構えて、上段からの巨大《きょだい》な一撃を受け止める。

後ろに大きくずり下がり、バフがある状態で防御《ぼうぎょ》したのにＨＰが半分近く削れた。

ボスに数秒間の硬直《こうちょく》が発生し、そこに攻撃A隊が武器を手にスキルを叩き込《こ》む。

バフを盛りまくっているが、ＨＰゲージは数ドット削れただけ。

「「「か、硬《かた》すぎないか⁉」」」

攻撃を行った〈戦士〉の三人は慌《あわ》てて後退する。

即座《そくざ》に復帰したバアルゼブルは自身を攻撃した者達をターゲティング。しかしそこに別のタンクB隊が〈挑発〉を使って割《わ》り込み、先程《さきほど》と同様に受けて見せた。

防御した者達は回復に下がり別の人達が入れ替《か》わる。

この完成された連携《れんけい》を上位クランメンバー達は、アイコンタクトだけで行う。その光景は敵にとっては悪夢そのものだと言えるだろう。

『BAAARUUUUUUUUUUUッ！』

苛立《いらだ》ちを露《あら》わにバアルゼブルは、萎んだ羽で〈バアル・ストーム〉を放った。

強烈《きょうれつ》な嵐に吹っ飛ばされた冒険者達は、慌てて敵から距離を取った。

今の攻撃でダメージを受けた者達は下がり、無傷の部隊が入れ替わり対応に当たる。

相手は初見の大型ボス。下手に脱落者《だつらくしゃ》が出ると形勢は大きく傾《かたむ》きかねない。全員それを念頭に置き、慎重《しんちょう》に無理しない立ち回りをしている。

流石は〈クイーン・オブ・フライ〉を攻略《こうりゃく》したメンバー達だ。

ハイテンションだけど、それとは裏腹にメチャクチャ冷静である。

その光景を尻目《しりめ》に、ハルトさんがオレにこう告げた。

「……では王女様は副団長とゴーレムと私がお守りする。ソラ君達は気兼《きが》ねなくボス攻略に専念してくれ」

「ハルトさん、ありがとうございます」

「それじゃ、わたしもスキルを使うね」

クロが緊張《きんちょう》した様子で、自身の左親指に輝く指輪を撫《な》でる。

今から彼女が行うのは、この戦場を更に有利にするために天使化する事。

「バフはシルフ女王とオベロン王、そしてオレの付与スキルが掛かっている。ここで無理してクロが天使化をする必要は……」

「ううん。わたしは相棒として、ソラの隣《となり》で戦いたいの。天使化したソラの全力に付いて行くには、最低でも翼が必要だから」

「……なら止めない。でも変な感じがしたらキャンセルするんだぞ」

「うん、わかった」

並び立つクロは、祈《いの》るように胸の前で両手を合わせる。

彼女が今から行うのは、ユニークスキル〈ラファエル〉によって獲得した天使化。トリガーを引くと、彼女を中心に聖なる風が発生する。

滑《なめ》らかな黒髪《くろかみ》の一部は翡翠色に、つぶらな瞳は神性を表す金色に変わる。

背中にはオレとは違い、風で構成された天翼が顕現した。

更に彼女は天使化でスキルを獲得する。

一つは全体に付与する消去不可の永続強化。

その効果はボス戦に限り全ダメージを軽減する〈風の守護〉。そしてもう一つは天使状態でのみ使用可能となる専用の〈セラフィックスキル〉だ。

観察していたが、幸いにも異常は起きなかったらしい。

ビジュアルが少々変わった彼女の姿は、天使度が増してすごく綺麗《きれい》だった。

「うわー、それがお兄ちゃんとクロちゃんの天使モードなのね」

「うん、わたしは初めてのお披露目《ひろめ》！」

「……そういえば、シオはオレの天使化を見るの初めてか」

前回の闘技場《とうぎじょう》で天使化した時、シオはログインしていなかった。

綺麗なものが大好きな妹は、オレ達の天使姿を見て嬉《うれ》しそうな顔でスクショを連写する。

その後方にいるシンとロウは、クロの天使化を見て感動していた。

「おお、これが風の天使モードか、カッコ良いじゃないか！」

「羽も同じではなく、風で作られているのが良いですね。髪《かみ》もプレイヤーの元の黒色をベースに、緑のメッシュが程良《ほどよ》く馴染《なじ》んでます」

「あ、ありがとう……」

褒《ほ》められて恥《は》ずかしくなったクロは、オレの後ろに素早《すばや》く隠《かく》れてしまった。

緊張感のないこの光景に、師匠《ししょう》が咳払《せきばら》いを一つする。

「ごほん、準備が済んだのなら行くぞ。配置は言わなくとも分かるな」

「まぁ、いつも通りだな」

オレ達は話し合わずに各々二ペアを作る。

もちろんオレはクロとのペア。シンはロウとの親友男ペア。シオと師匠の師弟《してい》ペア。この編成は互《たが》いを熟知した、連携しやすい組み合わせだ。

『マスター、クロ様の天使化後にスキルが一つ追加されました』

……うん？　スキルが追加された？

ルシフェルに言われて一覧を開き確認《かくにん》してみる。するとそこにはクロと力を合わせる事で発動できる、合体技みたいなものが一つだけあった。

ただ強力な反面、使用するのはかなり難しそう。

特に使用したら長時間の硬直時間が発生するらしく、外したり仕留めそこなったりしたら、オレもクロも致命的《ちめいてき》な隙《すき》を晒《さら》すことになる。

これに関しては追《つ》い詰められた際の切り札の一つとしよう。

そう思いながら準備が整うと、アリアが弓を手にオレを見る。

「わたくしは援護《えんご》に専念いたしますね」

「オーケー。スキルで見たところ、狙《ねら》い所は敵の目だ。あそこを射《う》ったら、奴《やつ》は行動が強制キャンセルされるから積極的に狙ってくれ」

「分かりました、任せて下さい！」

「頼《たよ》りにしてるよ、狙撃王《そげきおう》！」

「ちょっと、それは大げさすぎませんか⁉」

アリアの良いリアクションを背に、いざ全員で総攻撃を仕掛けようとしたら。

『BAAAAAAAAAAAAッ‼』

仲間達と戦っているバアルゼブルが雄叫びを上げた。

しかし、直《す》ぐに何かが起きるわけではない。

全員が警戒《けいかい》する中、敵が咆哮した答えは姿を現す。

先《ま》ず後方から大量の足音が聞こえてくる。一体なんだと視線を向けると森の中から、およそ百近いハエの兵士〈バアル・ソルジャー〉が出てきた。

今のは威嚇《いかく》ではなく、自身の兵士を呼び寄せるための叫《さけ》びだったのか。

この戦況《せんきょう》で雑魚《ざこ》モンスターとはいえ〈バアル・ソルジャー〉に割く余剰《よじょう》戦力はない。ボスに充《あ》てている部隊を、最悪数組出さないといけないのだが。

「ソラ様！　相手が〈バアル・ソルジャー〉なら大丈夫。今こそパワーアップしたゴーレムさんの出番ですよ！」

アリアが手を上げて、大量の雑魚敵に対する提案をしてきた。

彼女の求めに応じ、今までずっと待機していたゴーレムが起動する。

身体をソルジャー達に向け、ゆっくりと巨大な両手を持ち上げた。

見守っていると十本の指が光り輝き、ソルジャーに向かって発射される。

まるでミサイルのように放たれた指は、敵の先頭に着弾《ちゃくだん》し大きな爆発を引き起こした。

『――――――っ⁉』

爆発に巻き込まれたソルジャー達は、悲鳴を上げながら光の粒子《りゅうし》に変わる。

今の攻撃で一気に、二十体近くのソルジャーがふっ飛んだ。ゴーレムは更《さら》にミサイルを作製し、指が生える度に発射した。

その光景は例えるならば、ファンタジーの世界に現れた戦車。

もはや近接武器を手にした歩兵VS現代兵器のような有様と化していた。

圧倒的《あっとうてき》な殲滅《せんめつ》力を見せつけたゴーレムは、アリアを肩《かた》に乗せて『姫の護衛は自分に任せろ』と言わんばかりに生えたばかりの右手の親指を立てる。

「あー、大丈夫みたいだな」

下手すると普通《ふつう》に、オレより強いかも知れない。

ゴーレムが率先《そっせん》してバアルゼブルと戦えば簡単に終わるんじゃないか、という大いに頷《うなず》きたくなる意見がシンとロウから出たけど。

スキルで見た情報の中には、楽はさせないぞと言わんばかりに注意文があった。

「残念だけどゴーレム君はジェネラルとバアルゼブルにはダメージが無効化されるんだ」

「ちくしょう、流石にアレはチート過ぎたか」

「ヌルゲーになってしまいますからね。それは仕方ありません」

親友二人はオレの言葉に納得《なっとく》して、機動兵器ゴーレムの利用を断念した。

——と、そろそろ前線に向かわなければ。

流石に苦しくなってきたのか。バアルゼブルから距離を取ってポーションを浴びている者達が、いつまで道草食っているんだと視線を飛ばしてくる。

一応向かう前に、オレは最後に一つだけ確認した。

「えっと、クロは飛行大丈夫そうか？」

「説明に目を通して、大体理解したよ」

「流石はオレの相棒だ、それじゃ最初は試運転を兼《か》ねてゆっくり仕掛けるぞ」

「わかった！」

オレはとクロは天翼を広げ、決戦の地に向かって飛翔《ひしょう》した。

③

腕《うで》をパージして軽くなったのか、バアルゼブルは大きい図体《ずうたい》のクセに中々素早い。

オマケに二本目の半分まで削《けず》ると今まで通じていた〈挑発〉も全く効かなくなり、タンク隊の〈Tシフト〉戦術は完全に使えなくなった。

中々にしんどい状況下だが、地上は師匠が指揮を執《と》り安定した立ち回りをする。

指示を受けながら冒険者達は的確に対応し、タンク隊とアタッカー隊が巧《たく》みにバアルゼブルの攻撃を防ぎ、懐《ふところ》に潜《もぐ》り込んだ者達が一撃を見舞《みま》う。

昔から将棋《しょうぎ》も得意な師匠は、流石の指揮力の高さだ。

唯一《ゆいいつ》の懸念《けねん》はクロの飛行能力だったけど、その心配はいらなかった。

初めての飛行戦闘《せんとう》なのに開始三分後には、彼女はマスターしてオレと遜色《そんしょく》ないレベルで自由自在に空中を舞《ま》っていた。

「うーむ、天才ってすごいな」

「なにか言った？」

「うん、クロは凄《すご》いなと思ったんだ」

「ちょっと、急になに言い出すの⁉」

動揺《どうよう》しながらもクロは、オレと共にバアルゼブルの腕を避《さ》けて、空中を変態的な機動で舞いながらハエとドラゴンがフュージョンした顔面に刃を放つ。

選択したスキルは、自分が最も愛用している刺突技《しとつわざ》。

過去最強レベルの強化を受けている〈ストライク・ソード〉。

青いスキルエフェクトを発生させながら、バアルゼブルの脳天に叩き込んだ。

ギイイイン、と大量の火花が散って微量《びりよう》だが敵のＨＰが減少する。

直後に弾かれたオレは同じく〈瞬断《シュンダン》〉を叩き込んだクロと共に、急いで右腕《みぎうで》の薙《な》ぎ払《はら》い攻撃を避けながら安全ラインまで後退する。

……ヤバい、とんでもなく硬いぞ。

一息を入れながら、オレとクロは額に汗を浮かべた。

「シルフ女王達のバフ、それに付与スキルと天使のバフが掛かっているのに、たったアレだけしか減らないのかよ」

「……うん。切った感触《かんしょく》で大体わかるけど、アレは破壊不能オブジェクトの一歩手前レベルの防御値だと思う」

地上では師匠達《ししょうたち》がバアルゼブルに攻撃を加えているが、それでも二本目のHPゲージは数ドット分しか削れない。

この削れ具合《ぐあい》と現状の戦力のバランスを考えると、マトモな正攻法《せいこうほう》でコイツを倒《たお》すのには一時間以上は掛かりそうな気がする。

「──後《うし》ろ脚《あし》に力を溜《た》めている。今からタックルが来るぞ！」

「ここはわたくしが！」

師匠の警告に応じて、アリアの強烈な狙撃が敵の額に炸裂《さくれつ》する。

行動を強制的にキャンセルした上に、巫女パワーなのかHPが冒険者《ぼうけんしゃ》三人分の削れ方《かた》をする。バアルゼブルは、うめき声を上げてその場に片膝《かたひざ》を突いた。

「まったく、お姫様《ひめさま》だというのに素晴《すば》らしい援護だ！」

シオ達と突撃《とつげき》した師匠は双剣スキル〈クアッド・ネイル〉を発動。

高速で二回転しながらバアルゼブルの左足を四回切りつけた。

だが敵の復帰も速い。足にダメージを受けながらも、彼女《かのじょ》の脳天を目掛《めが》けて真上から鋭《するど》い爪を振《ふ》り下ろしてくる。

超人的《ちょうじんてき》な反射神経で動いた師匠は、それを紙一重で回避《かいひ》してみせた。

彼女が避けた爪は、地面に突《つ》き刺《さ》さり固定される。

バアルゼブルの僅かな硬直を逃《のが》さずにオレ、クロ、シオ、シン、ロウの五人が動くと上空と地上から無防備な身体にスキルを叩き込んだ。

他の冒険者達も袋叩《ふくろだた》きにするように張り付いて攻撃する。

ボスのＨＰは更に減少し、ようやく二本目が残り二割となった。

「これってラスト一本で最終形態とかになって更に硬くなりそうだよな」

「不吉《ふきつ》なこと言わないで。アレ以上防御値が上がったら、もっと大変になるんだけど」

でも最近のボスは、最後の一本が大変なんだよ。

クロに睨《にら》まれたオレは、その言葉をグッと呑み込んだ。

バアルゼブルが両手を前で組み、大きく振り上げジェネラルと同じ〈グランド・シェイク〉の発動モーションに入る。

アリアが頭部に矢を放つが、敵は僅かに顔をずらしクリティカルヒットを避けた。

「マジか、アイツ学習するのかよ！」

「ソラ、感心してる場合じゃないよ！　わたし達は飛んでるから大丈夫だけど、このままだとアリア達が攻撃を受けちゃう！」

「それなら大丈夫だ、下にはロウがいるからな」

盾持ちをかき集めたロウは、敵の真下で身構える。

彼等《かれら》が使用したのは〈騎士〉職が持つ防御強化のスキルに加えて、オレが付与した上級風属性の恩恵下《おんけいか》でのみ使える特殊《とくしゅ》スキル。

三分間だけ風を纏い土属性に対する特効ダメージと、受けるダメージを半減する風のシールドが付与される効果を発動させる。

天の風を纏った彼等は、振り下ろされる拳《こぶし》を真っ向から受け止めた。

『BAAAAAAAAAッ⁉』

一瞬だけ拮抗《きっこう》するけど、踏《ふ》ん張り受け止め続けたロウ達は遂《つい》に弾《はじ》き返す。

過去にアレの被害《ひがい》を受けた事のある精霊達《せいれいたち》は、全員ウソだろと驚《おどろ》いた顔をした。

「バカな、あの大質量をたった四人で受けて見せたぞ⁉」

「冒険者とは、本当に規格外の強さだ！」

彼等の驚きの声を背に、師匠達が連携して一撃を叩き込む。

「おおぉ！」

「せいっ！」

オレとクロも息を合わせて接近。

上段に振り上げた刃《やいば》を振り下ろし〈レイジ・スラッシュ〉を叩き込んだ。

ここで遂に二本目のＨＰゲージが消失する。

後はラスト一本分だけ、これを削り切ることができれば自分達の勝利だ。

攻撃を受けたバアルゼブルは、一時的に無敵状態となり攻撃を受け付けなくなる。その間にオレ達は念のために、距離《きょり》を取り体勢を整えた。

「ふう、なんとかここまで来たな……」

今のところ脱落者を出さず、順調に攻略を進められている事に安堵《あんど》する。

ボスの攻撃は対処できている〈クイーン・オブ・フライ〉との戦いで培《つちか》った経験は、トップクラン達の大きな糧《かて》となったようだ。

一方で精霊《せいれい》の軍と妖精の軍もジェネラルを相手に善戦しているようで、犠《ぎ》牲者《せいしゃ》は出さずにHPを残り半分まで追い詰めていた。

全体の士気は高く、この戦いに勝利しようと全員が熱い闘志《とうし》を燃やす。

誰一人《だれひとり》として油断はしていない、この上なく良い感じのムードだ。

だが警戒している中、突然《とつぜん》バアルゼブルの萎んでいた羽の内二枚が復活した。

一体何事なのかと、オレは即座に〈洞察《どうさつ》〉スキルで変化の詳細《しょうさい》を見抜《みぬ》く。

目の前に表示されたその名は〈グラトニー・ウイング〉。

それは現在封《ふう》じられている〈暴毒〉で再構築した羽。

圧縮して物質化する事でアリアの浄化《じょうか》から免《まぬが》れた羽は、本体の近くにいる者に毎秒

『20』ダメージを与《あた》える効果がある。

本来は六枚羽なのだがアハズヤの攻撃で四枚は使用不可になり、二枚しか復活できなかった上にダメージ数が半分以下になっているらしい。

ダメージを回復する事に専念している副団長に、心の中で深い感謝を述べながら。

オレは即座にメニュー画面を開き、オープンチャットをした。

「この場にいる全員に伝える！　今のバアルゼブルは半径五メートル内にいると、HPを毎秒削る特殊能力を持ってるぞ！」

つまり攻撃をしたら、常に大きく離《はな》れないといけない。

危険度は下がっているけど、今まで以上に敵との距離感を意識する必要が出てきたのは、かなり面倒《めんどう》な状況《じょうきょう》といえる。

二枚の羽を広げたバアルゼブルは、オレ達を見て怒りの唸《うな》り声を上げる。

大きく開いた口内に、バチバチと見えるのは不穏《ふおん》な紫色《むらさきいろ》の稲妻《いなずま》。

展開された二枚の羽は紫色の光を放ち、まるで体内エネルギーを放出するかのように凶悪《きょうあく》な輝《かがや》きが次第《しだい》に増していく。

「なんだ、あれは……」

全てを見抜く〈洞察〉スキルが教えてくれた。

アレはバアルゼブルの特殊技——〈グラトニー・オブ・カタストロフィ〉。

体内で圧縮した〈暴毒〉を前方に放ち、触《ふ》れる全てを溶解《ようかい》させる毒のブレス。

背中の羽は飛行ユニットだけではなく、身体が崩壊《ほうかい》しない為の排熱《はいねつ》を兼用《けんよう》しているらしい。だから発射態勢に入ると、発光するようになっている。

地面に赤い長方形のエリアが発生する。

その範囲《はんい》はギリギリでジェネラルを相手している両軍が入らないくらいで、当然冒険者達は全員がエリア内に入っていた。

「全員射線から退避《たいひ》しろ！」

味方に警告して避難《ひなん》したオレは、ふと敵の向いている方角を見て凍《こお》り付く。

ヤツは自身にとって最も厄介《やっかい》な『アリア』に照準を合わせていた。

ゴーレムにアハズヤと共に抱《かか》えてもらい、彼女はエリアから逃れようとしている。

だがバアルゼブルはそれに合わせて照準を変える。

……コイツ、この戦場で誰《だれ》が一番邪魔《じゃま》なのか理解してやがる。

この戦いにおいて一番厄介な〈暴毒〉を封じてくれているアリアの存在は、オレ達にとっては絶対になくてはならない。

「アリア、なんとか逃《に》げてくれ！」

「狙いがこっちに向いている以上、逃げることはできません。それなら！」

逃げられないと悟《さと》った彼女は、弓を構えて一《いち》か八《ばち》かキャンセルできないか試みる。

破邪の力を宿した風の矢を番《つが》え、かつて共に冒険《ぼうけん》した際に見せた大技〈ディバイン・エアリアル〉を解き放つ。

今回は分散させず極大の一矢《いっし》となって放たれた一撃。

それは光の速度でバアルゼブルに届き、その顔面に真っすぐ突き刺さる。

だがしかし、風の矢が炸裂しても敵は怯《ひる》まなかった。なんと耐《た》えて見せたバアルゼブルは、そのまま大口から巨大な漆黒《しっこく》のブレスを吐《は》き出す。

「ぐう……っ⁉」

オレも阻止するために向かっていたが、ブレスを放った余波を受けただけでHPが半減し、大きく吹っ飛ばされてしまう。

ギリギリ範囲《はんい》外《がい》にいた者は、その余波を受けただけでHPが消し飛んだ。

クランメンバーの被害数は、およそ三分の二が即死《そくし》する結果となった。地面を溶解させるほどの一撃は止まらず、そのまま真っすぐにアリアを狙う。

ゴーレムがとっさに彼女を守るため、胸に抱《だ》き背中を向けて庇《かば》う姿勢を取った。両親であるシルフ女王とオベロン王も、娘《むすめ》を守るためにシールドを展開する。

だが〈グラトニー・オブ・カタストロフィ〉はシールドを容易《たやす》く突破《とっぱ》、この場にいる全員が、彼女は助からないかも知れないと思ってしまう。

そんな時アハズヤが宝玉を手に〈暴毒〉のブレスに立ち向かった。

④

信仰者《しんこうしゃ》であった両親の蛮行《ばんこう》によって一つの村が消滅《しょうめつ》した。

火の海の中、自分達を温かく迎《むか》えてくれた沢山《たくさん》の人達の悲鳴と泣き声を背に、アハズヤは祠《ほこら》から出てきた両親に言われ逃げてしまった。

あの時に祠に向かった両親を自分が止めていれば、結果は違《ちが》ったかもしれない。

それが今も心に深く刻まれた、けっして忘れられない大罪だ。

十字架《じゅうじか》を背負う自分にできる事は、この森に巣くう大災厄《だいさいやく》から愛《いと》しい妹を守ること。

迫《せま》りくる大災厄のブレスを見据《みす》え、アハズヤは宝玉を構えた。

「私はどうなっても構わない。だが妹だけは絶対に死なせない！」

「アハズヤ姉様！」

宝玉を使う度に命を削る激痛が襲《おそ》ってくる。

だがそれは自分に刻まれた罪に対する天罰《てんばつ》だ。

あの時に背を向けてしまった痛みに比べたら、この程度の痛みは生ぬるい。

「――私に残った最期《さいご》の力を此処《ここ》で！」

宝玉を使用して結晶《けっしょう》から集めた莫大《ばくだい》な力を操り、全ての魔《ま》を拒絶《きょぜつ》する大障壁《だいしょうへき》〈スピリット・エアリアル・シールド〉を発動する。

そしてもう一人の守護者が、彼女の横に並び立った。

「ソラ君達《たち》には大変世話になった、ここでその恩を返すとしよう！」

大剣《たいけん》を地面に突き刺した彼は〈暗黒騎士〉の最大防御スキルを行使する。

「今こそ我《わ》が最強の守りを見せる時〈ダークネス・グランド・シールド〉！」

長き時を掛けて結晶が蓄《たくわ》えた大地の力を全て注いで作られた障壁。そこに漆黒の障壁が重なるように展開されて、バアルゼブルの大技を真正面から受け止めた。

「ぐぬうううううううううううう⁉」

「あ、ぐああああああああああああ⁉」

この〈アストラル・オンライン〉の仕様は攻撃力《こうげきりょく》が防御力《ぼうぎょりょく》を上回っていても、その場で即座に破壊《はかい》される事はない。

その代わりに大きなフィードバックが防御側に重くのし掛かる。

特にアハズヤは命を削る感覚と合わさり、常人なら死んだ方がマシだと思える程《ほど》に外側の重圧と内側から切り裂《さ》かれる感覚に襲われていた。

一秒が永遠に感じられる程の重圧とストレス。

精神が削られていく感覚と共に、少しずつ障壁の輪郭《りんかく》に歪《ゆが》みが生じていく。

このままでは、もって数秒が限界かもしれない。

王の強化と最強の〈付与魔術師《ふよまじゅつし》〉の強化、更には〈グランドウィンド〉の特殊スキルまで使用していても、敵の攻撃《こうげき》はギリギリ防御値を上回っている。

とてもじゃないが、二人で受け止めきれる威力《いりょく》ではなかった。

相手は古《いにしえ》の大災厄、かつて天使達ですら封印《ふういん》を選択《せんたく》した怪物《かいぶつ》なのだ。

勝てないのが当然であり、立ち向かうのは愚《おろ》かな事である。

でも二人の頭の中に諦《あきら》めるという選択肢は最初からなかった。

それは背後にいるのがハルトにとって娘の大切な友人であり、アハズヤにとっては自身の命よりも大切な妹だから。

超常的《ちょうじょうてき》な存在を相手に立ち向かうのに、これ以上の理由なんて他にない。

だけど二人のHPは徐々《じょじょ》に減少していく。この状況を見ている〈僧侶《そうりょ》〉達から回復スキルを掛けられるが、それでもダメージ値は回復量を上回っていた。

つまりこのままでは、HPの最大値が減っているアハズヤが先に死ぬ。

そうなったらハルトの防御も破られてしまう。

追い詰められていく現状、しかし二人に打破する術《すべ》はない。

ハルトは自身を強化するスキルを全て使用している。

アハズヤも同様であり、二人共これ以上能力を強化する事ができない。

そんなどうしようもない八方塞《ふさ》がりの状況下で、膝《ひざ》が折れそうになるとおもむろにハルトが口を開いた。

「……ふふふ、命を賭《と》して強大な災厄に立ち向かう。あの日の戦いを思い出すな」

この状況下で、アハズヤには返事なんてする余裕《よゆう》がない。

一体なにを言いたいのかと疑問に思うと、ハルトは衝撃《しょうげき》の言葉を告げた。

「私は妻と数年前、村に赴《おもむ》き解き放たれた災厄と戦った。その時に己《おの》が命を懸《か》けて災厄と戦う夫婦《ふうふ》がいたんだよ」

「ふ、夫婦……？」

「彼等は〈闇《やみ》の信仰者〉の悪事を阻止《そし》するために潜入《せんにゅう》し活動していたらしい。私達が加勢するも、特殊な力を使った代償《だいしょう》で命を落としてしまった」

まさかその夫婦は、と気づいてしまったアハズヤは目を見開く。

「彼等はずっと謝《あやま》っていたよ。──アハズヤ、一緒《いっしょ》にいられなくてごめんなさいと」

……父さん、母さんっ!!

折れそうだったアハズヤは、気力を振り絞《しぼ》り持ち直した。

ずっと両親が優《やさ》しい村を滅《ほろ》ぼした〈闇の信仰者〉だと思っていた。自分を温かく迎えてくれた大人達を、新しくできた同年代の友人達を、全て無にした元凶《げんきょう》だと。

でもそれは違った。本当は村に潜入した〈闇の信仰者〉を止めるために両親は戦っていたのだ。自分はそれを両親のバッグから発見した、信仰者の証だけで疑ってしまった。

アハズヤは気力を限界以上に振り絞る。自分を逃がしてくれた二人は最後まで時間を稼《かせ》ごうと災厄を相手に抗《あらが》った。ここで自分が折れるわけにはいかない。

するとどこからか、二人の耳に応援《おうえん》する声が届く。

──『頑張《がんば》って』と。

それは天使の力を駆《か》る娘と、巫女《みこ》の責務を背負いし妹からの応援だった。

何のバフ効果もなく、気休めにしかならない応援の言葉。だけど二人の声を聞いたハルトとアハズヤは、歯を食いしばり眦《まなじり》を吊《つ》り上げた。

自分には大切な人がいる。この程度の苦境で負けるわけにはいかない。

そんな心に消えない火を灯《とも》し、意志を力に変えて地面を強く踏みしめ。思いを叫び、心の根底にある願いを吠《ほ》えた。

重なっていた二つの障壁は輝きを増し、漆黒のブレスを耐え続けた果て。

――遂には漆黒の闇を耐えきる事に成功した。

HPが残り半分以下となったハルトは、そこで膝を突かず大剣を上段に振り上げて自身の更なる奥義《おうぎ》を発動させる。

「はぁはぁ……このダメージ、そのまま返させてもらうぞ！」

振り上げた大剣に宿すは、漆黒のスキルエフェクト。

戦場に重低音を響《ひび》かせ、立ちはだかる邪悪《じやあく》を切り裂かんとハルトは大剣を振り下ろす。

その技の名は〈暗黒騎士《きし》〉の専用スキル――〈アヴェンジャー・ナイトソード〉。

受けたダメージを二倍にして相手に返す、最強のカウンター技。

そして反撃《はんげき》する者は、彼だけではなかった。

「これが私の出せる、最後の力だあああああああ！」

彼の放った漆黒の斬撃に、アハズヤが操《あやつ》る宝玉の力が全て注がれる。斬撃は風を纏い巨大な嵐《あらし》となって、バアルゼブルの巨体《きよたい》を切り裂いた。

怪物の叫び声と共に、ラスト一本のHPが一気に三割近く減少する。

力を使い果たし、宝玉は粉々に砕《くだ》け散る。死力を尽《つ》くしたハルトとアハズヤは残った者達に思いを託《たく》し、その場に膝を突いた。

⑤

大ダメージを受けたボスは、一時的なスタン状態になる。

巨大な身体《からだ》は情けなく地面に伏《ふ》せ、オレ達にかつてない隙を晒していた。

この大偉業《だいいぎょう》を成《な》し遂《と》げたハルトさんとアハズヤには称賛《しょうさん》しかない。

ガストとギオル団長も、ここでケリをつけると言わんばかりに果敢《かかん》にジェネラルを相手に先頭で攻撃を仕《し》掛《か》けている。

シルフ女王も弓で戦い、オベロン王も自身が先頭に出て長剣《ちょうけん》を振るっている。

全ての者達が二人の勇姿に触発《しょくはつ》されて、士気をかつてない程に高めていた。

そしてそれは、オレも同じだ。これまでの戦いと二人の頑張りをムダにしない為《ため》にも、ここが正念場だと戦意を胸に剣《けん》を握《にぎ》り締《し》める。

「二人が作ってくれたチャンス、ここで一気に攻《せ》めるぞ！」

「りょーかい！」

天翼を広げてオレとクロは、今まで温存していた〈グランドウィンド〉の特殊スキルを解放。風を纏《まと》いバアルゼブルに接近する。

オレが選択したのは倒しきれない事を想定しボス特効のある〈ヘブンズロスト〉ではなく、片手用直剣《ちょっけん》の上位スキル〈ヘキサグラム・ランページ〉。

六芒星《ろくぼうせい》を描《えが》くように放った金色の斬撃が、バアルゼブルの頭に深い傷跡《きずあと》を刻む。そして入れ替わるようにクロが四連撃《よんれんげき》〈四神之断《シジンノタチ》〉を叩《たた》き込んだ。

そして師匠達も、この好機を逃すまいと武器を手に総攻撃《そうこうげき》を仕掛ける。

シオの片手用直剣の四連撃〈クアッド・ランバス〉。

シンの上級風魔術《まじゅつ》〈テンペスト・ブラスト〉。

ロウの上位盾強撃〈シールド・レイジバッシュ〉。

師匠の上位双剣《そうけん》八連撃〈オクタグラム・ディストラクション〉。

アリアの神風の矢〈ディバイン・エアリアル〉。

更に他の冒険者達《ぼうけんしゃたち》の持てる最大火力を叩き込まれたバアルゼブルは、HPゲージが半分を切って残り四割まで減少する。

このまま最後まで削り切りたい所だが、当然ゲームのボスはそんなに甘《あま》くはない。

半分を切った時点で、バアルゼブルはスタン状態から解放された。

『BAAAAAAAAAAAAAAA‼』

ボロボロの怪物は怒りを叫びながら黒い霧《きり》を放出する。ドス黒い〈暴毒〉が甲殻《こうかく》を変質させて、更に禍々《まがまが》しいフォルムに変えていく。

それによって防御値《ぼうぎょち》が大幅《おおはば》に上昇《じょうしょう》したらしい。

互いに重ならないようシフトで入れ替わり攻撃を行っていた冒険者達、彼らが上位スキルを叩き込《こ》むけど、HPが四割から全く減らなくなった。

「——ということは、オレ達が頑張って削らないといけないか」

「そうだね！」

クロが〈瞬断〉で敵の爪《つめ》を弾き、間髪《かんはつ》入れずに突撃したオレが青い鮮烈《せんれつ》なスキルエフェクトを発生させながら〈ストライク・ソード〉を胴体《どうたい》に突き刺す。

「か、硬《かた》い⁉」

剣の先端《せんたん》数センチしか刺さらない。それでいて数ドット削るのがやっとな防御値に、オレは驚きながらも反撃されないように後退する。

これは完全に想定外の事態、攻めに転じていた冒険者達はオレと違って翼がない上に敵の懐に深く入り過ぎていた。

バアルゼブルは最後に攻撃していた者達に狙いを定め、両手から漆黒のスキルエフェクトを纏い〈グラトニー・クロウ〉を連続で放ってくる。

広範囲《こうはんい》の薙ぎ払い攻撃、回避困難な場合は防御を盛って耐えるのがセオリーだが。

「マズイ、それは受けるな！」

大声で警告するが、既《すで》に防御の体勢に入っていたタンク隊は防御スキル無効の〈グラトニー・スラッシュ〉によって大打撃《だいだげき》を受ける。

「「「うわああああああああああああああ⁉」」」

大質量の斬撃《ざんげき》は彼らを盾《たて》ごとふっ飛ばし、HPをゼロにして光の粒子に変えた。

「ソラ、こっちにも来るよ！」

「防御スキルが効かないなら、攻撃スキルで相殺《そうさい》するしかない！」

「りょーかい！」

突進《とっしん》してきたバアルゼブルを見据える。

迫る迫力《はくりょく》満点の大爪をクロは冷静に二連撃〈白虎《びゃっこ》〉で弾き、オレは三連撃〈トリプルストリーム〉で全て弾き返した。

お返しにとクロが神速の居合切り〈瞬断〉を二《に》の腕の関節に叩き込むが、数ドット削るのがやっとで大したダメージにはならなかった。

彼女と後ろに後退しながら、オレは内心で舌打ちをする。

まったく、最悪の事態じゃないか。……これで残った冒険者は十数名程度だ。

追い詰めてはいるのだが、こちらも余裕が無くなってきている。

かといって精霊軍と妖精《ようせい》軍に援軍《えんぐん》を求める事はできない。何故《なぜ》ならば敵が最終形態となった直後に〈バアル・ソルジャー〉が左右からも出現したから。

部隊をそちらに割《さ》くことで、かなり戦力が分散させられている。

おまけにあと少しで倒せそうなジェネラルも、なにやらここで〈グラトニー・ソード〉という初見の武器を手に必死の抵抗《ていこう》を見せていた。

頼《たの》みのアリアとゴーレムと復帰したハルトさんも、動けなくなったアハズヤを守りながらソルジャー達の相手に忙《いそが》しい様子。

長期戦に入ると間違《まちが》いなく、此方《こちら》が先にスタミナ切れするだろう。

オレは攻撃を回避しながら、どうするか頭を悩《なや》ませた。

「残り四割か。……こうなったら一か八か〈ヘブンズロスト〉を試《ため》してみるか」

「ソラ、わたし達の合体技はどうかな？」

「……アレか、でも発動するのに時間が掛《か》かるっぽいぞ」

新しいスキルはチャージ技であり、使用するには一定時間止まらないといけない。

今も弾幕《だんまく》ゲームみたいな攻撃が飛んでくる中、空中で止まるなんて的になるだけだ。故に新しい強力なスキルを使用するには敵の注意を他に引き付ける必要がある。

どうしたものか悩みながら回避していると、そこに地上で対応しながらオレ達の話を聞いていた師匠が割《わ》り込み一つ提案した。

「ふむ、それなら時間は私達が稼ごう。お前たちは空中で準備をしておけ」

「……ということは、シグレ姉はアレを使う気かしら？」

「ああ、アレなら確実に止められるな」

「そういう事でしたら、ボク達もサポートに徹《てっ》しましょうか」

ボイスチャットで師匠の提案に仲間達が全員賛成する。

師匠のエクストラスキルは凄く強力だ。少なくとも性能では天使に勝るとも劣《おと》らないチートなスペックを、実際にオレもテレビで見ている。

確かに師匠の奥《おく》の手《て》とオレ達の合体攻撃で、ワンチャン削り切れると思うが……。

しかし削り切れなかった時の事を考えると、ここで全力を出して良いのか。

もう少し全員で慎重《しんちょう》に削って、新しいチャージ技よりも隙が少ない〈ヘブンズロスト〉で堅実《けんじつ》かつ確実に倒した方が良いのではないか。

現状の手札から色々な選択肢《せんたくし》が頭の中に浮《う》かび、ボス戦における最後の詰めという、この場において最も難しい現状に悩んでいると。

「話は聞かせてもらいました！　それでしたらわたくしも、全力を込めた一矢を大災厄に撃ち込みます！　それで一割くらいは削って見せましょう！」

視界の端《はし》で〈ディバイン・エアリアル〉を用い、ソルジャーの大半を消し飛ばしたアリアが、ボイスチャットでオレ達の会話に参加してきた。

「アリア、でもそっちは余裕が……」

「大丈夫《だいじょうぶ》だ、問題ない。だいぶ回復してきたから、それくらいの時間は稼いでみせよう」

「……ハルトさん」

この場にいる全員が勝利の為に、己にできる事を提示してくれている。それなら自分がやらなければいけない事は、そんな皆《みな》を信じて背中を預ける事ではないのか？

力強く頷いてくれる相棒を見て、ここで決心する。

オレは全体ボイスチャットで、最後の方針を告げた。

「分かりました。みんなを信じます」

クロと顔を見合わせて頷き、全てを終わらせる為に天高く飛翔した。

⑥

上空に向かった二体の天使、そこから感じた巫女以上に危険な力を察知して、バアルゼブルは地上のアリに向けていたヘイトを上に変更《へんこう》した。

アレは何よりも優先して排除《はいじょ》しなければいけない。

生れてから初めて感じた命の危機に、大災厄は天に飛翔しようとする。

だが意識を上に向けた事を、冒険者達が見逃すはずがなかった。

最初に動いたのは、シンとロウとシオの三人だった。

シンの〈ウィンド・ストーム〉で天高く跳《と》び、ほぼ同時にスキルを発動した。

「受けなさい〈レイジ・スラッシュ〉！」

「これが俺《おれ》の全力〈ウィンド・ランス〉掃射《そうしゃ》！」

シオの強烈《きょうれつ》な斬撃と、シンの十本以上の風槍《かぜやり》がピンポイントで頭に叩きつけられる。

だがとっさに翼で防御したバアルゼブルは、ダメージをまったく受けなかった。

自由落下をする二人に邪魔だと〈グラトニー・クロウ〉が放たれる。そこに二人と一緒に跳んでいたロウが、盾を構えて間に割り込んだ。

「防御スキル無効ですか、たしかにそれは盾を使うボク達タンクの天敵ですが！」

ここでロウが発動したのは、攻撃を反射する〈リフレクター〉。

これは防御ではなく、攻撃にカテゴライズされるスキル。

巨大《きょだい》な斬撃を二つの盾で受け止めたロウは弾き飛ばされそうになりながらも、そのまま辛《かろ》うじて大災厄の片翼を狙《ねら》い反射した。

自身の技を翼に受けたバアルゼブルは、そのまま飛ぶのに失敗して地面に膝を突く。

大災厄は邪魔された事に怒り、ヘイトを地面に着地した三人に向ける。

大気中により強化した〈グラトニー・アースランス〉を百発以上発生させて、容赦《ようしゃ》なく他の冒険者達もろとも串刺《くしざ》しにせんと一斉掃射《いっせいそうしゃ》する。

だがバアルゼブルは、それが最大の悪手だと気付いていなかった。

「エクストラスキル解放」

存在感を消していた王者が、ここで切り札のスキルを解放した。

「──其《そ》の疾《はや》きこと風の如く」

虹色《にじいろ》の輝きが神風の如く宙にアートを描き、三人に迫る邪悪な槍を全て撃墜《げきつい》する。

一瞬《いっしゅん》の出来事に、バアルゼブルは目を剥《む》いた。

地面に不格好に着地した三人、その前には双剣使いが舞い降《お》りる。

彼女はいつもの様に冷静に、尚且《なおか》つ強敵を前に楽しそうな笑《え》みを見せた。

「さて、まだ一分間しか使えないが時間稼ぎには十分だ。貴様に存分に味わってもらおう、エクストラスキル〈剣聖《けんせい》〉の力を！」

『BARUUUUUUUUUUUUUUUUUUUUU!!』

全力で排除しなければいけない。そう察したバアルゼブルは硬直《こうちょく》時間を課せられる事を覚悟《かくご》し〈グラトニー・クロウ〉を連続行使する。

まるで災害の様な、逃げ場《ば》のない刃の雪崩《なだれ》。並の冒険者達が絶望しそうな光景を前に、シグレは一切《いっさい》取り乱すことなく双剣を構えた。

「――動かざること山の如し」

土色のスキルエフェクトを双剣に纏う。シグレは全ての軌道《きどう》を完全に見切り、自身に降り注ぐ凶悪な刃を正確に横から切り払った。

一つ二つ尋常《じんじょう》ではない洞察力《どうさつりょく》と技量によって、全てにジャストパリィを決める。

如何《いか》なる防御も意味をなさない大災厄の凶爪《きょうそう》。しかしそれも相手に届く前に切り払われては、真の効果を発揮する事はできない。

少しでもずれたら、その時点で双剣は弾かれて刃を受けてしまうのに。

シグレは余裕の佇《たたず》まいで、その場から一歩も動かずに全て切り払う。そして腰《こし》を落とし前傾姿勢《ぜんけいしせい》になった彼女は、双剣を鞘《さや》に納めて居合切りの構えを取った。

極限まで集中力を高め、研《と》ぎ澄《す》ました殺意を両手の二刀に込める。

全ての雑念を払《はら》い、落ち着いた心で目の前の獲物《えもの》を切ることに集中する。

それは長き戦いの末に体得した『明鏡止水』。

⑦

極限まで集中力を高めたシグレは、スローモーションのようにコマ送りに見える世界の中、かつて一つの災厄を断った奥義の神髄《しんずい》を告げる。

其の疾きこと風の如く、其の徐《しず》かなること林《はやし》の如《ごと》く。

侵略《しんりゃく》すること火の如く、動かざること山の如し。

「――剣聖壱之奥義《けんせいいちのおうぎ》〈風林火山〉」

目にも止まらぬ斬撃を放ち、チンと納刀する音だけが世界に鳴り響く。

バアルゼブルの身体には一閃二閃《いっせんにせん》と合計四回の巨大な一閃が刻まれ、シグレのスキルが解除されるとＨＰは残り三割となった。

真紅《しんく》のダメージエフェクトを発生させ、大災厄はその場に膝を突く。

ジャスト一分、エクストラスキルが解除されて長時間のクールタイムに入った。

制限時間がなければ、彼女の刃は大災厄の喉元《のどもと》に届いただろう。しかし時間稼ぎという点では、この時点でシグレは十二分の仕事を果たした。

「私の圧に飲まれた時点で、貴様の負けだ」

彼女は天を指差す、そこには大災厄を滅ぼすに足る一撃《いちげき》が完成していた。

森全体が見渡《みわた》せる高さまで上昇して停止する。

眼下には森を大きく円形にくり抜《ぬ》いたような荒原《こうげん》を舞台《ぶたい》に、大災厄とその眷属《けんぞく》に衝突《しょうとつ》する者達はスキルエフェクトで鮮《あざ》やかなアートを描く。

思いを込めて放つスキルの輝きは、イルミネーションのように綺麗《きれい》だった。

こんな切羽《せっぱ》詰《つ》まった状況下でなければ、じっくり眺《なが》めたいところだけど今はそんな優雅《ゆうが》に観賞会をしている場合ではない。

どこも余裕のない戦況《せんきょう》だ。恐《おそ》らくここで決められなかったら形勢は大きく傾《かたむ》くだろう。

みんなが勝利を目指し、必死に時間稼ぎをしてくれている。

その中でも冒険者達は全力で戦い、オレ達に後を託し次々に倒れていく。

この託された思いと時間を、けっして無駄《むだ》にすることはできない。

アイコンタクトをして、七属性を自分に付与《ふよ》する。

世界を構成する『火』『水』『土』『風』『雷《かみなり》』『光』『闇』の異なる属性は、天使の力によって相克《そうこく》することなく一つに束ねられる。

オレは白銀の光をオーラの様に纏い。

クロはセラフィックスキル〈セラフ・ウィンド〉を発動し、白銀の風を纏った。

使用するスキルアシストに従い、白銀の剣を横に構える。

隣《となり》では彼女《かのじょ》が同じように藤色《ふじいろ》のカタナで刺突《しとつ》の構えを取り、オレ達の纏う二種類の異なる白銀は混ざり一つになった。

光と風は互《たが》いに打ち消すこともなく、それどころか先程《さきほど》よりも更《さら》に力を増して、世界を脅《おど》かす大災厄を討《う》ち払《はら》わんとオレ達の武器に収束する。

その威力は現時点で〈ヘブンズロスト〉のおよそ二倍以上。しかも三十秒間のチャージ時間を必要とする事から、更に威力が増すと推測できる。

これを決めることができたら、勝利することが可能かも知れない。

身震《みぶる》いしてしまう力の奔流《ほんりゅう》の中、ふとクロが緊張《きんちょう》している様子に気づいた。

端整《たんせい》な顔には汗《あせ》が浮かび、唇《くちびる》は横一文字に引き締めている。

ほっとくことはできないので、オレは彼女に声を掛けた。

「お互いに初めて使用するスキルだけどアシストがある。落ち着いてアシストに身を任せれば大丈夫だから、あんまり気負うなよ」

「……うん、わかった。ミスはできないもんね」

これは、かなり深刻な状態かも知れない。

いつもの「りょーかい」と軽い返事じゃない事にオレは察する。

今回は勝敗の行方が自分達の双肩《そうけん》に掛かっている、プレッシャーを感じるのは当然だ。

その姿を見ているとオレも初めてVRMMOでボスを相手にした時、似たシチュエーションでガチガチに緊張して挑《いど》んだ事を思い出した。

あの時は確か、見事にミスをして一週間くらいはへこんだ。シンとロウからは学校でもずっと上の空だったと聞かされたものだ。

懐《なつ》かしいと思いながらも、相棒の不安を払拭《ふっしょく》するために口を開いた。

「もう少し肩《かた》の力を抜いた方が良い、ミスをしてもオレが上手《うま》くサポートするから」

「……すごいね。ソラはまったく緊張してないんだ」

「ただひたすら似たような場数を踏んでるだけだよ。オレと同じくらいやり込んだゲーマーなら、こんな状況は鼻歌交じりでこなす。……それよりも会って数日しか過ごしてない人を信じることができるクロの方が、オレなんかより百倍もすごいと思うな」

これに関しては、本当に心の底から尊敬している。

しかも現実ではオレ以上に辛《つら》い目に合っているのに、それでも冷静に人を見て信用の可否を判断できるのは尊敬しかない。

本心を伝えると、彼女は意外そうな顔をした。

「え、そうなの？」

「ああ、だからアハズヤ副団長のことはすごく助けられたよ」

「……ふふ、それなら困ったことがあったら、わたしに遠慮《えんりょ》なく相談してね」

「それはとても心強い、頼《たよ》りにさせてもらうぞ相棒！」

「うん！」

頼られるのが嬉《うれ》しいのか、クロは柔《やわ》らかい笑みを浮かべる。

正直に言って、年下にこんな事を頼むなんて情けないことこの上ない。師匠《ししょう》に聞かれたら確実に呆《あき》れられるだろう。

だが今の会話でクロの緊張は大分マシになっていた。そして心構えが整ったタイミングで、ようやくオレ達のチャージ時間が完了《かんりょう》する。

地上では単身でバアルゼブルに膝を突かせた師匠が、後は任せたと此方を見上げていた。

白銀の光と風を刃《やいば》に纏い、オレはクロに合図を送った。

「ようやく準備完了だ、この戦いを終わらせるぞ！」

「りょーかい！」

天翼を大きく羽ばたかせて、二人同時に急降下する。

オレ達が手にする力を察知し、上を見あげるバアルゼブルは命の危険を察知したのか。

かつてない殺意を咆哮《ほうこう》に乗せ、背部にある二枚の翼を大きく展開させた。

限界まで開いた口に、紫色の雷光《らいこう》が弾けるエフェクト。

そこからノータイムで放たれたのは、ハルトさんとアハズヤが二人掛かりで止めた極大威力のブレス攻撃〈グラトニー・オブ・カタストロフィ〉だった。

思わず急降下しながら「は？」と驚《おどろ》きの声が出てしまう。

ボスモンスターが、こんな大技《おおわざ》を即座《そくざ》に撃《う》ってくるなんて想定外だ。

既に二人ともスキルの発動モーションに入っているからキャンセル回避《かいひ》は無理。オマケにまだ使用する前の段階なので、ブレスにぶつけることすらできなかった。

……不味《まず》い、これは回避も防御もできない直撃《ちょくげき》コースだ。

触れる全てに死を齎《もたら》す、邪悪な光が眼の前に迫る。

もうダメかと思ったその時。

「ソラ、大丈夫だよ」

クロが告げた後、視界の端から飛来した翡翠《ひすい》の一撃がボスの顎《あご》に突《つ》き刺《さ》さる。

アレは、アリアのスキル――〈ディバイン・エアリアル〉だ。

聖なる矢を顎に受けたバアルゼブルは、完全に油断していたのだろう。

この上ないタイミングで炸裂《さくれつ》した一矢は、強制的にヤツの口を閉じる。

顔の向きがズレた事で、最初に放った分のブレスはオレ達から大きく外れた。そして放出しきれなかった分のブレスは行き場を失い体内で爆発《ばくはつ》する。

「……ありがとう、アリア」

ＨＰが残り二割となった大災厄、スタン状態になり一時的な行動不能となる。

戦場に広げている〈感知〉スキルが、色んな情報をオレに教えてくれる。

二体のジェネラルを打倒《だとう》し、精霊達《せいれいたち》と妖精達《ようせいたち》が固唾《かたず》を飲んで見上げている事を。

相棒の父親が気を失った王女の姉を抱え、ゴーレムの上で見守ってくれている事を。

親友達が生き残った冒険者達と、大きな声援《せいえん》を送ってくれている事を。

師匠と妹が、オレとクロの事を信じてくれている事を。

――そして弓を手に援護《えんご》をした王女が、勝利を願い結末を見届けてくれている事を。

アリアの思いを受け取ったオレ達は、口元に微笑《びしょう》を浮かべた。

「ああ、後は任せろ。こいつで全部終わらせてやる！」

全ての元凶である大災厄、王女を悪《あ》しき定めから解き放つために。

オレは闘争心《とうそうしん》に火をつけ眦を吊り上げる。

バアルゼブルはスタン状態から復帰、オレ達を撃墜しようと最短で発動できる〈グラトニー・アースランス〉を大量に放ってくるが。

刃が纏う白銀の風は、邪魔な槍を全て破壊し突き進む。

まったく足りない。その程度の威力では自分達を止めることはできない。

バアルゼブルは両腕《りょううで》をクロスさせて防御の姿勢を取る。

白銀の光を放つ剣とカタナを手に、オレ達は眼前まで迫ったバアルゼブルの交差した腕に向かい全力の刺突技を放った。

セラフィックスキル——〈エアリアル・ヘヴンズロスト〉。

邪悪を滅ぼす光を宿した二撃は、空間を震《ふる》わすほどの極限の力を解き放った。

「「うおおおおおおおおおおおおおおおッ!!」」

雄叫《おたけ》びを上げながら落下するオレとクロは、風を纏う輝《かがや》く光刃で腕に穴を穿《うが》つ。

そして刃はバアルゼブルの急所であり、頭を守る硬質《こうしつ》な鎧《よろい》に根元まで刺さった。そこから剣に込められた力が、頭から尻尾《しっぽ》にかけて巨体に一筋の線を描く。

そのラインにそって、魔を滅ぼす光の柱が駆け抜ける。

砕け散る漆黒の甲殻。赤い鮮血《せんけつ》のようなダメージエフェクトと共に残っていたバアルゼブルのHPが急減少を始めた。

残りのゲージが全て無くなり、少しの間を置いた後に〈バアル・ゼブル・グラトニー〉

の身体は爆散《ばくさん》し、光の粒子《りゅうし》になって精霊《せいれい》の森に散った。

すると乾《かわ》いていた地面が淡《あわ》い光を発し、あっという間に草原となる。そんな大災厄の命が最期に魅《み》せる幻想的《げんそうてき》な光景に見惚《みと》れ、静寂《せいじゃく》が辺りを支配する。

その中で冒険者達に通達されたのは、一つの英語表記だった。

【Quest Complete】

「「「————————————————ッ」」」

津波《つなみ》の様に湧《わ》き上がる大歓声《だいかんせい》。

喜びのあまり隣にいた者同士で抱《だ》き合い、みんな興奮のあまり大はしゃぎをする。

〈感知〉スキルでその様子を眺めながら、オレはホッと一息ついた。

……本当に終わったのか。これで全部が。

小さな声で呟《つぶや》くと【Last Attack Bonus】の獲得《かくとく》がオレのリザルトで通知された。

どうやらバアルゼブルに止《とど》めを刺した判定は自分になったらしい。アイテムの確認《かくにん》をしたいけど、残念ながら身体はスキル硬直で動かない。

そのまま光の粒子の中を落下すると、数週間前にも同じ体験をした事を思い出す。

あの時はクロが助けてくれたけど、その彼女は現在自分の真横にいる。

このままだと地面に叩きつけられて、死亡する可能性が高いだろう。

しかし何の心配もいらない。その理由を〈感知〉スキルで知っているオレは落下する途《と》中《ちゅう》で身構えると、大きな手で優しく受け止められた。

助けてくれたのは、離《はな》れた場所から走って来ていたゴーレムだった。

その大きな肩に乗っているアリアは、オレ達の所まで駆け寄ってくる。

「ソラ様！　クロ様！」

「おぶっ⁉」

「……ちょっと、苦しいよ」

彼女は勢いそのままに、満面の笑顔《えがお》でオレ達にダイブした。

両手で抱き締める彼女は、感動のあまり涙《なみだ》を流していた。

アリアが泣くのも無理はない。不可能だと思っていた〈暴食の大災厄《だいさいやく》〉を討伐《とうばつ》したのだ。

巫女として大災厄の封印で命を落とすことを定められていた彼女は、これで完全に自由の身になった。もう二度と不安に悩まされることはない。

その様子を下から見守ってくれている仲間達に感謝しながら、硬直が解けたクロはゆっくり身体を起こし彼女を抱き締めた。

ゴーレムが膝を突いて、オレ達《たち》を地面に下ろす。

そこに馬に乗ったシルフ女王とオベロン王が合流すると、ゴーレムから気を失ったアハズヤを抱《かか》えて、ハルトさんが慎重に下りてきた。

「シルフ女王、オベロン王、お久しぶりです」

「おお、やはりその姿はハルト様！」

「まさか大災厄との戦いに助力してくれていたとは、貴公の助力に感謝する」

「再会できて光栄ですが、それは後にしましょう。宝玉を使用したアハズヤは、最上位のポーションで命は繋《つな》ぎました。急ぎ彼女を国に運んで欲《ほ》しい」

「すでに手配はできています、こちらの馬車に！」

シルフ女王の指示に従い、高レベルの〈僧侶〉達がアハズヤを慎重に中に運ぶ。彼女も容態を一通り見て、命に別状がないことを確認すると安堵《あんど》の溜息《ためいき》を吐《は》いた。

アハズヤを乗せた馬車は、ガストと精霊軍の精鋭《せいえい》が国に護送するらしい。

出発した馬車をシルフ女王は、家族を心配するように見送った。

「シルフ女王、アハズヤ副団長の処遇《しょぐう》は……」

オレが声を掛けると彼女はゴーレムの腕を撫《な》で、隣に並び立つオベロン王を一瞥《いちべつ》する。

妻の真剣《しんけん》な視線を受けた彼《かれ》は、苦笑《くしょう》交じりに頷《うなず》いた。

「心配しなくても大丈夫だ、我々はアハズヤを罪に問うことはできない」

「え、そうなんですか？」

「ああ、第一に証拠品《しょうこひん》である宝玉は所持しておらぬし、腕の欠損に関しては敵の奇襲《きしゅう》で失っている事を部下が証言している。ぶった切った敵は全員死亡しておるし現状の手札では、アハズヤは容疑者の枠《わく》をでることはない」

「それに彼女が〈闇の信仰者《しんこうしゃ》〉なら、ゴーレムに敵対されています。攻撃《こうげき》されないということは、宝玉を私達から奪《うば》ったのは彼女に変装した別人だったのでしょう」

「オベロン王、シルフ女王……」

二人の話を聞いたオレは、感動して言葉が上手く出せなかった。

つまり二人はアハズヤを許すと言っているのだ。黙《だま》って見守っていたアリアも、この裁定に目を輝かせて両親の間に入って腕に身を寄せる。

——両親に甘える彼女の姿。守りたかった光景に自然と頬《ほお》が緩《ゆる》む。

アリアは両親と共に改めて、オレ達に向かって頭を下げた。

「ありがとうございます。ソラ様、クロ様、そして冒険者様《ぼうけんしゃ》」

「ええ、あなた方の尽力《じんりょく》のおかげで、大災厄は完全にこの世界からいなくなりました」

「大災厄の消滅《しょうめつ》と共に森の結界が消失した。今後は自由に出入りができるようになるだろう。……そこでシルフと話をしたのだが明日〈エアリアル国〉でパーティーを開こうと思う。報酬《ほうしゅう》もそこでお渡《わた》しするので、是非《ぜひ》とも参加して欲しい」

この申し出を断る理由はない。

オレ達は快く応じ、こうして長かった戦いの幕は下りた。

⑧

一度〈エアリアル国〉に戻《もど》ったオレ達は、そこでログアウトした。

自室に戻ると〈精霊の木〉は殆《ほとん》ど無くなっており、残っている木も光の粒子となって現実世界にも平和が戻ったのだと改めて実感させられた。

ただそこで、ログイン前にいたトレントが部屋にいない事に気が付いた。

あの子はエルが〈精霊の木〉から人類を守るために作り出した存在、こうして災厄を退けた今、その役目は無くなったのだ。つまりは……。

「家の中を捜してみよう！」

同じくログアウトしてきたクロと一階に向かうと、リビングにもトレントの姿はなかった。詩織《しおり》と師匠も合流し、みんなで捜してみたら。

家の庭を確認しに行った詩織が、母さんと大切にしている花壇《かだん》で何かを発見した。

それは何だか見た事がある枝と、見た事がない変わった種だった。

花壇が無事だったことから、もしかしたらトレントが守ってくれたのかも知れない。

そう思うと少しだけ、胸の内側から込み上げてくるものがあった。

「……ごめんね。ありがとう、トレちゃん」

詩織はトレントに初めて会った時に避《さ》けていた謝罪と感謝を口にして、種を花壇に埋《う》めて枝はリビングに大事に飾《かざ》ることにした。

トレントの枝は、妹が前に家族旅行で作ったお気に入りの瓶《びん》に入れることになった。

しんみりした空気の中、我《わ》が家《や》のシロが瓶の側で寝転《ねころ》がる。

思えばシロはトレントに、ずっとくっついていた。

もしかしたら友人の気配を感じているのかも知れない。たった数日しか一緒《いっしょ》にいなかったが、トレントは我が家の大切なモノを守ってくれたのだ。

「……ありがとう、トレント」

あの子と共にいた日々を、けっして忘れないとオレは心に誓《ちか》った。

エピローグ◆新たな旅立ち

太陽の光が届かない外界とは封絶《ふうぜつ》された地。

城下町は毎日モンスター達が己《おのれ》の武器を用いて戦いを繰《く》り広げ、生き残った強者は更なる高みを目指して同じく生き残ったモノと刃を交える。

周囲に聞こえるのは雄叫びだけ。それをBGMに今日も魔王《まおう》シャイターンは中央にそびえ立つ城の最上階のテラスで、のんびりティータイムをたしなんでいた。

『どうやら、グラトニーは討伐されたみたいね』

彼女はメイドが淹《い》れた紅茶のカップを片手に、嬉しそうに遥《はる》か彼方《かなた》にある精霊と妖精の住む地を見据《みす》える。

どこか羨《うらや》ましそうな様子のシャイターンの言葉に、対面にいる者は答えた。

『そうですね。こうなる事は分かり切っていましたが、実際に見ると中々に心湧き躍《おど》る素《す》敵《てき》な英雄譚《えいゆうたん》でした』

対面にいるのは、この世界の神イルである。

白く艶《つや》やかな長髪《ちょうはつ》を揺《ゆ》らしながら、彼女はテーブルに用意された香《こう》ばしいスコーンを手に取り、小さな口で一かじりした。

『暴食の罪が打ち倒《たお》された事でセキュリティーの一つが解除されました。これで私達の計画が大きく一つ前進できましたね』

『残りは我を含《ふく》めて六体、先が長い話ね』

『でも、魔王を倒すにはレベルも装備もまだまだ足りません。まいた種が実るまで待つのも、人生の醍醐味《だいごみ》というやつですよ』

『……ふふ、そうね。農家になったつもりはないけど、待つのは嫌《きら》いじゃないわ』

恋《こい》する乙女《おとめ》の様に、シャイターンは彼の事を語る。

憤怒《ふんど》を司《つかさど》る魔王は、常に奥底《おくそこ》にある怒りを全てぶつけられる相手を求めている。

二人が邂逅《かいこう》したあの日、互いに全てを用いて放った〈ストライク・ソード〉を胸に受けた彼女は、その時の衝撃《しょうげき》と蜜《みつ》を忘れられずにいた。

『前回は辛うじて我が勝利したけど。あの時の生が実感できる程《ほど》の刺激的《しげきてき》で甘美《かんび》な戦いを、もう一度味わいたいわ』

その言葉を聞いたイルは苦笑交じりに呟く。

——英雄《えいゆう》に恋するのは、神も魔王も同じなんですね、と。

①

『この世界を壊《こわ》そうとしていた〈暴食〉の怨念《おんねん》は、勇敢《ゆうかん》なる者達の手で消え去りました』

翌日の朝、テレビ局を通して姿を現したエルは〈アストラル・オンライン〉の脅威《きょうい》の一つが終わった事を世界に向けて表明した。

同時にトレントは役目を終えて、この世界からいなくなったことも。

エルは今回の報酬として、選ばれし冒険者達《ぼうけんしゃたち》にスキルを二つプレゼントする事を宣言。

オレ達のスマートフォンには贈《おく》り物《もの》が届いたという一つの通知が来た。

無論これで全てが終わったわけではない。

エルは画面から消える前に、最後に人類に向けて告げた。

『次なる大災厄との戦いに備えて、今は休息と鍛錬《たんれん》の時です。アナタ方が乗り切る事ができるように、私達も全力でバックアップをします』

……次なる大災厄か。頭で分かってはいても、問題が全て解決したわけじゃないのは精神的にしんどい。

ソファーで聞いていたクロと詩織《しおり》も、二人揃《そろ》ってなんとも言えない顔をしている。

でもオレ達《たち》は逃《に》げる事はできない。手元にある証の端末《たんまつ》もあるし、あの世界に囚《とら》われているクロの両親を救い出さないといけないから。

エルの演説が終わると、今度はアスオン特集の番組が始まった。

内容は番組に出演する対戦ゲームの専門家や芸能人が、プロゲーマー達の活躍《かつやく》を熱く語り、それに応じるようにSNSも大いに盛り上がっていた。

ちなみに番組に使われている動画を撮影《さつえい》したのはリンネさんだ。

テレビ局に依頼《いらい》された彼女は、注目されても良い師匠《ししょう》達にスポットを当てた動画を作製して番組に提出したらしい。

「流石《さすが》はVRジャーナリスト、見事な手腕《しゅわん》だなぁ……」

番組の出演者たちは、みんな綺麗な手の平返しをしている。

この前はプロなのになにやってんだ、みたいな乱暴な発言をしていたのに。

そういえばキリエさんは、あの戦いに参加していないが〈鍛冶《かじ》職人〉のスキル上げを頑《がん》張《ば》り、攻略《こうりゃく》メンバー全員の装備作りに奮闘《ふんとう》していたそうな。

もしも彼女と〈天目一箇《てんもくいっこ》〉の職人達がいなかったら、序盤《じょばん》にあれだけ安定した攻略をする事は難しかったと師匠から聞かされている。

……ボスと戦ったのはオレ達だけではない。

ボスと戦った人達や、それを支えてくれた沢山《たくさん》の人達。

みんなの頑張りを考えると、少しだけモヤッとした。

テレビの電源を落して、小さな溜息を吐く。

「メンタルメンタル……。いい加減に慣れていかないと、キリがないよな」

「そうね、今のお兄ちゃんに足りないのはスルースキルかしら」

脱力《だつりょく》してソファーの背もたれに身体を預けているオレに、その様子を見ていた詩織がドストレートな正論を放り投げてきた。

「スルースキル、どうやったら修得できるんだろう……」

「ソラにアドバイスしてあげようか」

隣にいるクロは甘《あま》えるシロを抱っこしながら、にこやかに教えてくれた。

「それはね、好きなことを考えたら良いんだよ」

「……好きなこと？」

「うん。ネガティブなものを見ているよりは、自分が好きなことを考えた方が良いの。だってマイナスなことばかり考えていても、幸せにはなれないから。……あ、もちろん失敗とかしたら、ちゃんと反省はしないといけないよ？」

周囲にばかり目を向けていても、一向に前に進むことはできない。失敗した場合は反省をした上で前に進むことで、人は真の成長をすることができる。

クロのアドバイスは、ずっと前にオレが師匠から聞いた内容だった。

……情けないことに、すっかり忘れてた。師匠が仕事で不在じゃなかったら今頃《いまごろ》、妹弟子《でし》にアドバイスされている状況《じょうきょう》に呆れられていたかも知れない。

口元を綻《ほころ》ばせると、オレは手にしていたリモコンをテーブルに置き立ちあがった。

「ありがとう、クロ。そろそろ時間だしログインしようか」

「うん、そうだね」

「私も丁度クランの皆に呼ばれたから行かなきゃ」

シオは自身の部屋に、オレはクロといつも通り自室に向かった。

②

〈エアリアル国〉のパーティーは、精霊達と妖精達の合同で開かれた。

いつも閉ざされていた城の門は開放されて、門の側で待機しているゴーレムが精霊の子供達に囲まれ花で綺麗に飾られている。

初めてこの国を訪《おとず》れる冒険者達はゴーレムを見て驚いた後に、子供達から笑顔で歓迎《かんげい》されてほっこりした顔をする。

そんな良い雰囲気《ふんいき》の街には、先日なかった飲食や娯楽《ごらく》などの屋台が設けられ、活気にあふれる精霊や妖精達が呼び込《こ》みをしていた。

以前世話になった道具屋と鍛冶職の精霊さんもセールをしており、このイベントをSNSや掲示板《けいじばん》などで知った中堅《ちゅうけん》の冒険者達で街は大賑《おおにぎ》わいと化している。

パーティーと聞いて〈ティターニア国〉の記憶《きおく》が蘇《よみがえ》ったが、幸いにも今回はドレスを着る必要はなく、オレは安心して参加する事ができた。

ただ王女であるアリアは、村娘《むらむすめ》や巫女衣装《みこいしょう》とは違《ちが》うドレス衣装を披露《ひろう》して冒険者達の視線を釘付《くぎづ》けにしていた。

露出《ろしゅつ》は少ないのだが、彼女の美貌《びぼう》と一部の存在感は男女問わず注目してしまう。

この数週間ずっと一緒にいたオレでもドギマギさせられるのだから、見慣れていない彼等がそうなってしまうのは仕方のないことだった。

……ああ、でも胸って汗をかいて大変なんだよな。

小さくてもそう思うのだから、大きい人達は言うまでもない。だから大変なのは見た目の注目だけじゃないと、性転換《せいてんかん》して初めて知った。

そんな共感を覚えていると贈呈式が開始し、戦いに参加した冒険者全員はオベロン王とシルフ女王、それと王女であるアリアの前に参列した。

昔からこういう行事は苦手なので、オレはオベロン王の挨拶《あいさつ》以降のスピーチを全て右から左に聞き流してしまう。

当然隣にいたクロからは、時折目覚ましの肘《ひじ》打ちが飛んできた。

「ソラ、まだ始まって一分も経《た》ってないよ」

「ごめん、定期的に小突《こづ》いてくれると助かる……」

ほんと昔からこの手の行事は苦手だ。

校長の長話とか、始まってすぐ睡魔《すいま》に襲《おそ》われてしまう。

呆れた顔をするクロの協力でなんとか強力な睡魔を乗り切ると、ようやくオベロン王とシルフ女王の話が終わった。

「では冒険者達は、兵の案内に従ってお二人ずつ来てください」

先に他の冒険者が受け取りに行き、最後にボスに止めを刺したオレ達となる。

「ソラ様とクロ様には、クエストの報酬もお渡しします」

「クエスト？　あー、アリアから受けた連続クエストがあったな」

色々とあり過ぎて、すっかり忘れていた。

彼女から受け取ったのは緑色に輝く〈シルフィード・インゴット〉と呼ばれる特殊《とくしゆ》な金

属。それと全クエストコンプリートの〈風の宝玉〉。

インゴットの効果は武器や防具の作製に使用する事で、装備時に『敏捷《びんしょう》』のステータスを100プラスする効果が付与される。

レベル『10』分のステータス強化は破格の性能。ただインゴットを利用した武器の追加強化は、最大で五回しかできないのでよく考える必要がある。

そしてアハズヤが手にしていた宝玉に近いつくりをした二つ目のアイテム〈風の宝玉〉は、所持しているだけで状態異常ダメージを半減する。

次にオレ達が向かうエリアの名は溶岩地《ようがんち》。たぶん『火傷《やけど》』の状態異常が予想できるので、この効果は確実に活躍してくれるだろう。

それにしてもまさか、所持しているだけで効果を発揮するアイテムがあるとは。

ゲームでは必ず発生してしまう装備枠が足りない問題、それを気にしなくても良い報酬にオレは口元に笑みを浮《う》かべる。

「ソラ様に喜んでいただけてなによりです」

「ありがとう、大事にするよ」

これで【最終クエスト　暴食の大災厄討伐《だいさいやくとうばつ》】は完了。今までパーティーリストにいたアリアは解除されて、自分とクロの二人だけになった。

胸が締《し》め付けられるような痛みを感じるけど、顔に出さないようにぐっと我慢《がまん》する。

オレ達はアリア達に一礼をして舞台から退場した。

③

贈呈式が滞《とどこお》ることなく済むと、集まりは解散してフリータイムとなる。

冒険者達の何人かは、インゴットを手に脱兎《だつと》の如く鍛冶屋《かじや》に殺到《さっとう》した。

一瞬《いっしゅん》にして長蛇《ちょうだ》の列ができると、悲鳴を上げるオーバーオール少女のヘルプに道具屋の店主がやれやれと駆《か》けつけていた。

それを眺めながら、事前に約束した待ち合わせ場所でオレ達はアリアと合流した。

この数週間は冒険《ぼうけん》ばかりで、こうやって遊ぶ回数は少なかった。その分を取り返そうと思い、目につく場所に片《かた》っ端《ぱし》から向かった。

後に師匠とリンネさんとキリエさんの大人組と、シンとロウの親友組も参加して、アリアを中心にオレ達は今という貴重な集まりを全力で楽しんだ。

早食い競争、射的や輪投げなどのミニゲーム対決。

最後にはオレと師匠の半減決着のタイマン。

お互いに特殊スキル無しでの対決を行う。双剣《そうけん》で絶え間ない斬撃《ざんげき》を放つ師匠を相手に、オレは一本の剣《けん》と左拳《こぶし》で互角《ごかく》の戦いを繰り広げた。

しかしフェイントの読みを失敗したことで体勢を崩《くず》されたオレは、上位双剣八連撃《れんげき》〈オクタグラム・ディストラクション〉を食《く》らいアスオン初めての敗北を喫《きっ》した。

気が付けば日が暮れて、パーティーも終わりの時間となった。

オレ達は師匠達と解散して、相棒とお姫様《ひめさま》とハルトさんそして回復したアハズヤの五人パーティーで街にあるオープンテラスの一席を陣取《じんど》り一息つくことにした。

「レベルとステータスで勝ってたのに、あと一歩で負けるとか悔《くや》しすぎるっ！」

「シグレお姉ちゃんすごかったね。まさかソラとキャンセル技を駆使《くし》して真っ向から競《せ》り勝つなんてビックリしちゃった」

「十連続以上繋げてましたよね。あまりにもキャンセルからの繋げ方《かた》が速すぎて、わたくしは途中から衝突で生じる火花しか見えませんでした」

アリアの感想に、クロは興奮気味に頷いた。

「十回以上キャンセルで他のスキルに繋げるの凄《すご》かった！　わたしは、まだ五回のキャンセル攻撃しかできないよ！」

「お二方が特殊なだけで、普通《ふつう》は五回もできたら天才って言われるんですよ。そうですよね、アハズヤ姉様？」

「そうですね、私も最大で三回のキャンセル技が限界です」

熱くキャンセル技について語る二人、その様子を傍《かたわ》らで微笑《ほほえ》ましい顔で見守るのはスーツ姿の隻腕《せきわん》美女執事《しつじ》ことアハズヤだ。

片腕《かたうで》を失った事で副団長の役職を解かれた彼女は、アリアの執事兼《けん》護衛としてシルフ女王に継続《けいぞく》して雇《やと》われることになった。

本当は断罪されるつもりだったのだが、それはアリアに強く否定されて、罪の意識があるのなら生きて償《つぐな》うべきだと説得されたらしい。

出会ったころの弱々しい王女様の姿からは、およそ想像できない成長っぷりである。ジェネラルとの初戦なんて弱音を吐きまくっていたのに。

そんな遠い昔を懐かしむように、彼女の顔を眺めていたら視線があった。

「……ちょっと、ソラ様。わたくしの顔になにかついてますか」

「え、あ……その、出会ったころに比べたらアリアも成長したと思ってさ」

「それはもちろん、良い意味ですよね？」

「どうだろうね、ドジの回数は減ったみたいだけど屋台を回ってる時に何度かすっ転びかけていたからなぁ」

「そ、それは偶々《たまたま》つま先が引っ掛《か》かっただけで……」

アリアは恥《は》ずかしそうに俯《うつむ》き、ごにょごにょと言葉を濁《にご》す。

微笑ましく、そして愛らしい姿が可笑《おか》しくてオレはくすりと笑った。クロも同じように笑うと、拗《す》ねてしまう王女をアハズヤがフォローした。

こうしていると、四人で鍵《かぎ》を求めて旅をしていた時の事を思い出す。あの時もアリアをアハズヤはずっと支えてくれていた。

ずっとこうして一緒にいたいけど、もうそろそろ刻限だ。

なによりもオレ達がいなくなっても、アリアには互いを大切に思う姉が側にいる。

椅子《いす》から腰《こし》を浮かし、立ち上がるオレに三人の視線が集まる。

なんだか懐かしい雰囲気の中、時間を確認して別れの話を切り出す。

「……それじゃ名残惜《なごりお》しいけど、そろそろ次の国に出発しようと思う」

クロとアリアは話を止めて、どこか切なそうな表情を浮かべる。

二人にこんな顔をさせるのはとても心苦しいが、オレ達は次に進まなければいけない。

〈アストラル・オンライン〉の大災厄は後『六体』もいるのだから。

それに溶岩地帯の攻略は既《すで》に始まっている。こうしている間にも先行したガチ勢は自身を強化する為《ため》に、せっせと情報集めをしているだろう。

ゲーマーとして魔王シャイターンと再戦する約束を果たす為にも、ここで彼女《かのじょ》と離れたくないからと、足を止めるわけにはいかなかった。

席を立ったオレ達に、お見送りすると言ったアリアは瞳《ひとみ》に涙を溜《た》めた。

「……また、いつか一緒に冒険してくださいますか？」

「ああ、いつか必ず、今回と同じように三人で一緒に冒険しよう」

「ふふふ、約束ですよ。――わたくしの英雄様」

勇気を振《ふ》り絞《しぼ》るように、アリアが不意にオレに向かって近づいてくる。

彼女は顔を近づけて、頬に湿《しめ》った柔らかいモノを押《お》し付けた。

――オレは一瞬、なにをされたのか分からなかった。

アリアが離れると、潤《うる》んだ瞳と間近で視線が合う。

頬にキスをされた。その事を現状から推測し辛《かろ》うじて理解すると、思わず無意識に右手で感触《かんしょく》の残る右頬を軽く押さえた。

予想外の事態に、何も考えられなくなり思考がフリーズする。

なんでキスされたのか分からなくて、その場でオレは呆然《ぼうぜん》となる。その衝撃的《しょうげきてき》な光景から最初に我に返った相棒が、動揺《どうよう》しながらアリアに詰《つ》め寄った。

「あ、アリア⁉」

「むう、これくらい良いじゃないですか！」

かつてない程にムッとしたクロと、一歩も引く気がないアリアが軽い取っ組み合いを始める。それに対し、慌《あわ》ててアハズヤが仲裁《ちゅうさい》に入った。

一方でこの事に対して、物陰《ものかげ》から覗《のぞ》き見ていたシルフ女王とオベロン王は尊いモノを拝むように、両手を合わせてニコニコしている。

娘が頬にキスをした件に関しては、何とも思っていないようだ。

……というかこの世界は、やはり百合《ゆり》好きが多いのか。

話によると各国に建っている教会は、全て〈ＬＭＤ〉が管理しているようだし〈アストラル・オンライン〉の大きな謎《なぞ》の一つである。

最終的にアハズヤ一人では収拾《しゅうしゅう》がつかずオレも加勢することで、ようやく二人の争いは止まった。まったく最後だというのに、どうして争いが起きるのか。

オレが仲裁に入り、ようやく睨《にら》み合いを止めた二人に呆れながら国の大門に移動する。

アリアと彼女の両親、それと多くの国民に自分達は見送られる形となり。

「それじゃ、またいつか遊びに来ます！」

「バイバイ！　アリア、絶対に会いに来るから！」

「――ソラ様、クロ様、ハルト様、今までありがとうございました！」

沢山の人達から、お礼の言葉を贈られて出発した。

④

〈エアリアル国〉のある草原を抜《ぬ》けて、同じ景色が続く森の中を三人で歩く。

来た時と同じ夕暮れに染まる景色を眺《なが》めながら歩いていると、

「……やっぱり、ちょっぴり寂《さび》しいね」

先程《さきほど》まで涙を流しながら、アリア達が見えなくなるまで手を振っていたクロが声のトーンを普段《ふだん》より落として呟く。ハルトさんは、落ち込んでいる様子の娘に対し沈黙《ちんもく》した。

オレは少し考えた後、兄弟子《あにでし》として一つだけVRMMOの真理を教えることにする。

「彼女はあそこにいるんだ、会おうと思えばいつでも会えるだろ。……それに楽しい事もあれば悲しい事もある。沢山の出会いと別れを繰り返す。それがこの世界で一番楽しくて、そして大切な——宝物なんだ」

アリアと冒険した思い出を大切に胸にしまい、真っすぐ次のステージに目を向ける。

大切な相棒の手を握《にぎ》り、オレは新たな冒険に向かって駆け出した。

【あとがき】

第一部、風の章が遂に完結です。

WEB版とは内容を変更した書籍版、いかがでしたでしょうか。

家族愛をサブテーマとした第三巻。

WEBでは活かしきれなかったキャラ達を、書籍ではフルに使うことができました。

今回表紙にもなっているアリアとアハズヤは執筆していて楽しかったですね。一巻では雑魚モンスターを相手に尻もちをついていた王女の成長は必見です。

相変らずリアルとゲームの配分は難しかったのですが、作者が書きたかったものは全て出し切れたと思います。

思えば第一巻の発売が去年の十月、そして第二巻が十二月なので、第一部は長かったようで短かったような不思議な感覚です。何せ一月からスタートしたコミカライズの方も連載半年が経過しているんです。時の流れとはかくも恐ろしい物だと思いました。

そんな連載中のコミカライズ版〈アストラル・オンライン〉。

担当されている、さよなか先生が描くカッコよくて可愛いソラ達を毎月読みながら、感謝の五体投地している変人は私です。

いやはや、まさかＷＥＢ投稿している時に自分の書いている物語が漫画になるなんて想像もしていなかったので、お話を頂いた時は「マジで？」と狼狽えまくった末に腰をヤりました。ぎっくり腰です。完全に油断していました。タスケテ……。

皆も腰には気を付けて下さい。生活が大変になりますので（私だけ？）。

……もう三巻にもなるのに、あとがきというのは慣れないです。

それではページも余白がなくなってきたので、ここで謝辞に移らせて頂きます。

この度は第三巻を出させて頂き、誠にありがとうございます。

尽力して下さった担当編集様、関係者の方々、最高のイラストを描いてくださった珀石先生にはいつも頭が上がりません。また、一巻からここまで読んで下さった読者の皆様、深くお礼を申し上げます。皆様の応援のおかげで、ここまで来る事ができました。

これからも色々な事に挑戦して、より面白い物語を書けるように尽力致しますので、どうか続けて応援して頂けたら幸いです。

それでは失礼致します。

神無フム

HJ文庫 https://firecross.jp/
1107

アストラル・オンライン 3 魔王の呪いで最強美少女になったオレ、最弱職だがチートスキルで超成長して無双する

2023年8月1日 初版発行

著者——神無フム

発行者—松下大介
発行所—株式会社ホビージャパン

〒151-0053
東京都渋谷区代々木2-15-8
電話 03(5304)7604（編集）
03(5304)9112（営業）

印刷所——大日本印刷株式会社

装丁——coil／株式会社エストール

Printed in Japan

ISBN978-4-7986-3244-5 C0193